UMA HORA DE FERVOR

MURIEL BARBERY

Uma hora de fervor
Romance

Tradução
Rosa Freire d'Aguiar

COMPANHIA DAS LETRAS

Copyright © 2022 by Actes Sud

Grafia atualizada segundo o Acordo Ortográfico da Língua Portuguesa de 1990, que entrou em vigor no Brasil em 2009.

Título original
Une Heure de ferveur

Capa
Kiko Farkas/ Máquina Estúdio

Foto de capa
Toshiaki M/ Shutterstock

Preparação
Márcia Copola

Revisão
Érika Nogueira Vieira
Gabriele Fernandes

Dados Internacionais de Catalogação na Publicação (CIP)
(Câmara Brasileira do Livro, SP, Brasil)

Barbery, Muriel
    Uma hora de fervor : Romance / Muriel Barbery ; tradução Rosa Freire d'Aguiar. — 1ª ed. — São Paulo : Companhia das Letras : 2024.

    Título original: Une Heure de ferveur
    ISBN 978-85-359-3735-0

    1. Romance francês I. Título.

24-190563   CDD-843

Índice para catálogo sistemático:
1. Romances : Literatura francesa   843

Eliane de Freitas Leite – Bibliotecária – CRB-8/8415

Todos os direitos desta edição reservados à
EDITORA SCHWARCZ S.A.
Rua Bandeira Paulista, 702, cj. 32
04532-002 — São Paulo — SP
Telefone: (11) 3707-3500
www.companhiadasletras.com.br
www.blogdacompanhia.com.br
facebook.com/companhiadasletras
instagram.com/companhiadasletras
twitter.com/cialetras

A Chevalier

Àqueles e àquelas de Kyōto
Akiyo, Megumi, Sayoko
Keisuke, Manabu, Shigenori, Tomoo
Kazy, Tomoko

e Éric-Maria

Morrer

Na hora de morrer, Haru Ueno olhava uma flor e pensava: Tudo depende de uma flor. Na verdade, sua vida dependera de três fios, e só o último era uma flor. Diante dele estendia-se um jardinzinho de templo que fazia as vezes de paisagem miniatura salpicada de símbolos. Que séculos de busca espiritual tenham se concluído por esse arranjo perfeito o maravilhava — tantos esforços voltados para um significado e, no final, uma pura forma, ele pensava também.

Pois Haru Ueno era desses que buscam a forma.

Sabia que breve estaria morto e pensava: Finalmente, estou conciliado com as coisas. Ao longe, o gongo do Hōnen-in tocou quatro vezes e a intensidade de sua própria presença no mundo lhe deu vertigem. Diante dele, o jardim fechado por muros pintados de cal branca, tendo ao alto telhas cinza. No jardim, três pedras, um pinheiro, uma extensão de areia, uma lanterna, musgo. Mais além, as montanhas do Leste. O templo se chamava Shinnyo-dō. Durante quase cinco decênios, toda semana Haru Ueno percorrera o mesmo circuito — ia ao templo principal na colina, atravessava o cemitério ali embaixo e voltava para a entrada do complexo do qual era um importante doador.

Pois Haru Ueno era muito rico.

Crescera observando a neve cair e derreter sobre as pedras de uma torrente de montanha. Numa das margens estava a casinha familiar, na outra, uma floresta de grandes pinheiros no gelo. Por muito tempo ele acreditara gostar da matéria — a rocha, a água, as folhagens e a madeira. Quando compreendera que gostava das formas que essa matéria tomava, tornou-se marchand de arte.

A arte: um dos três fios de sua vida.

Claro, não se tornara marchand de um dia para outro, foi preciso o tempo de mudar de cidade e de encontrar um homem. Aos vinte anos, dando as costas para as montanhas e para o comércio de saquê de seu pai, trocara Takayama por Kyōto. Não tinha dinheiro nem relações mas possuía uma fortuna pouco comum: embora não conhecesse nada do mundo, sabia quem ele era. Era o mês de maio e, sentado no chão de madeira, ele entrevia o futuro com uma clareza próxima da lucidez do saquê. Ao redor sussurrava o complexo de templos zen onde um primo monge lhe negociara um quarto. O encontro entre a potência de sua visão e a imensidão do tempo lhe dava vertigem. Essa visão não dizia nem onde, nem quando, nem como. Dizia: Uma vida dedicada à arte. E também: Vou conseguir. O quarto dava para um minúsculo jardim à sombra. Mais adiante, o sol dourava os colmos dos grandes bambus cinza. Entre as hostas e as samambaias anãs cresciam íris aquáticas. Uma delas, maior e mais graciosa que as outras, oscilava na brisa. Em algum lugar, um sino tocou. O tempo se diluiu e Haru Ueno foi essa flor. Depois aquilo passou.

Naquele dia, a cinquenta anos de distância, Haru Ueno olhava a mesma flor e se espantava que fosse, de novo, um 20 de maio às quatro da tarde. Uma coisa, porém, diferia: desta vez, ele a olhava em si mesmo. Outra coisa era semelhante: tudo — a íris, o sino, o jardim — acontecera no presente. Uma última era notável: nesse presente total dissolvia-se a dor. Ele ouviu um ruído atrás de si e desejou que o deixassem sozinho. Pensou em Keisuke que esperava, em algum lugar, que ele morresse e disse a si mesmo: Uma vida se resume a três nomes.

Haru, aquele que não queria morrer. Keisuke, aquele que não podia morrer. Rose, aquela que viveria.

Os aposentos privados onde ele repousava eram aqueles do monge principal do templo, gêmeo de Keisuke Shibata, o homem graças a quem sua vocação surgira. Os irmãos Shibata descendiam de uma velha família de Kyōto que, desde tempos imemoriais, fornecia a cidade de laqueadores e de monges. Como

Keisuke detestava igualmente a religião e — porque ela brilhava — a laca, escolhera a cerâmica mas também era pintor, calígrafo e poeta. A coisa notável no encontro de Haru e Keisuke foi que, entre eles, de início, houve uma tigela. Haru a viu e soube o que seria sua vida. Jamais tinha encontrado uma obra assim: a tigela parecia antiga e nova ao mesmo tempo, de um jeito que ele considerava *impossível*. Ao lado, jogado numa cadeira, havia um homem sem idade e, se isso tinha um sentido, do mesmo material que a tigela. Por sinal, ele estava embriagado e Haru se via diante de uma equação igualmente impossível — de um lado, a forma perfeita, de outro, seu criador: um bêbado. Depois que foram apresentados, selaram no saquê a amizade de uma vida.

A amizade: o segundo fio ao qual a vida de Haru se prenderia.

Hoje a morte postava-se diante dele sob a aparência de um jardim e todo o resto, a não ser esses dois instantes com meio século de distância, tornara-se invisível. Uma nuvem roçou o cume do Daimon-ji e depositou em seu rastro um perfume de íris. Ele pensou: Já não há mais do que esses dois instantes e Rose.

Rose, o terceiro fio.

Antes

O encontro de Haru Ueno e Keisuke Shibata ocorrera cinquenta anos antes na casa de Tomoo Hasegawa, um produtor de documentários sobre arte para a televisão nacional. Embora os japoneses costumem receber pouco em casa, na residência dele cruzava-se com artistas japoneses, artistas estrangeiros e pessoas de todo tipo, que não eram artistas. O lugar parecia um veleiro encalhado numa praia de musgo. No passadiço superior, pegava-se o vento pelas janelas, até mesmo em pleno inverno. A popa do barco estava agarrada a um flanco de Shinnyo-dō. A proa ficava de frente para as montanhas do Leste. No início dos anos 1960, Tomoo o concebera, desenhara, construíra, e o abrira a quem estava sedento de arte, de saquê e de festa. A festa incluía a amizade e os riscos na noite. A arte e o saquê eram puros. Eles se mantinham eternamente como eram. Nada, jamais, vinha alterar seu éter.

Assim, fazia quase dez anos que Tomoo Hasegawa reinava na colina. Chamavam-no de Hasegawa-san ou Tochan, usando o diminutivo afetuoso das crianças. Chegava-se e ia-se embora a qualquer hora, estivesse ele ali ou tivesse saído. Gostavam dele, queriam ser como ele, mas ninguém lhe guardava rancor. Afora isso, ele adorava Keisuke, Keisuke o adorava e, mais especificamente, os dois tinham o mesmo gosto pelo frio. Fosse qual fosse a estação, percorriam as alamedas do templo semivestidos e, na aurora do dia 10 de janeiro de 1970, Haru juntou-se a eles pela primeira vez. No raiar do dia, a colina tinha uma aparência de banquisa, as lanternas de pedra cintilavam, o ar cheirava a sílex e a incenso. Os dois outros gorjeavam em suas roupas leves mas Haru, que usava um capote grosso, tiritava de frio. Mas não prestava atenção nisso e naquela aurora de geleira descobria-se em peregrinação. A casa de seus familiares ficava em Takayama mas o lugar onde vivera e viveria sua verdadeira vida era Shinnyo-dō. Haru não acreditava em vidas passadas mas acreditava no espírito. De agora em diante seria um peregrino. Incessantemente voltaria à sua origem.

O Shinnyo-dō: um templo vizinho de outros templos, encarapitado num morro a nordeste da cidade que, por extensão, Haru chamava pelo mesmo nome. Por todo lado, bordos, construções antigas, um pagode de madeira, caminhos pavimentados de pedra e, naturalmente, cemitérios no alto e nos flancos da colina, entre eles o de Shinnyo-dō e o de Kurodani aos quais Haru, quando o dinheiro chegou, doaria com igual generosidade. Por quase cinquenta anos, toda semana ele cruzaria o pórtico vermelho, subiria até o templo, o contornaria, continuaria rumo ao sul passando por dois cemitérios, atravessaria um terceiro, contemplaria Kyōto a seus pés, desceria as escadas de pedra de Kurodani, serpentearia para o norte entre os templos do complexo, reencontraria seu ponto de partida e, a cada instante, saberia que estava em casa. Já que ele só era budista por tradição mas queria que o conjunto de sua vida se agregasse, forjara a convicção de que o budismo era o nome que sua cultura dava à arte ou, pelo menos, a essa raiz da arte a que chamamos de espírito. O espírito englobava tudo. O espírito explicava tudo. Por uma razão misteriosa, a colina de Shinnyo-dō encarnava sua essência. Quando Haru percorria seu trajeto, percorria a vida em sua ossatura nua, despojada de sua obscenidade, lavada de suas trivialidades. Ora, com os anos ele entendera que tais iluminações nasciam da configuração do local. Durante séculos, homens reuniram as construções e os jardins, dispuseram os templos, as árvores e as lanternas e, no final, esse trabalho paciente gerara um milagre: percorrendo as alamedas, sentia-se uma grande intimidade com o invisível. Muitos creditavam esse mérito às presenças superiores que assombram os lugares sagrados mas Haru aprendera das pedras de sua torrente que o espírito nasce da forma, que não há mais nada além da forma, da graça ou da desgraça que daí resultam, da eternidade ou da morte contidas nas curvas de um rochedo. Assim, naquele inverno de 1970 em que ele ainda não era ninguém, resolveu que suas cinzas, um dia, repousariam ali. Pois Haru Ueno não sabia somente quem ele era, também sabia o que queria. Apenas esperava compreender a forma disso.

Por conseguinte, quando conheceu Keisuke Shibata, viu seu futuro tão claramente quanto uma tigela de barro em pleno dia. Naquela noite, Tomoo Hasegawa, brincando de mecenas, lançava em sua casa um punhado de jovens artistas atípicos. Como de costume, eles levavam suas obras para o veleiro de Shinnyo-dō, toda Kyōto comparecia, bebia, conversava e depois ia embora divulgando seus nomes. A maioria desses artistas eram elétrons livres. Não pertenciam a uma escola ou a uma família. Queriam ser, coisa culturalmente complicada, *singulares*. Não copiavam a arte contemporânea ocidental. Trabalhavam a matéria de sua terra natal dando-lhe uma figura inédita que sempre parecia japonesa mas não à maneira das grandes linhagens. Definitivamente, convinham ao gosto de Haru porque se pareciam com o que ele mesmo queria ser: jovem mas profundo, fiel mas livre de amarras, sensato e, no entanto, cheio de audácia.

Nessa época, as poucas galerias de arte contemporânea que surgiam só sobreviviam vendendo também arte antiga cujo mercado, muito fechado, requeria que o vendedor tivesse seus contatos. Haru, filho de um modesto fabricante de saquê das montanhas, não tinha a menor chance de chegar sequer perto dali. Pagava seu quarto ao Daitoku-ji participando das tarefas de manutenção do templo, e seus estudos de arquitetura e de inglês trabalhando à noite num bar. Possuía, como únicos bens, uma bicicleta, livros e os utensílios do chá que lhe dera seu avô. Finalmente, a quarta coisa que possuía era um mantô, que ele usava de novembro a maio, em casa e na rua, torturado pelo frio. Todavia, se naquele janeiro glacial não tinha nada, acabavam de depositar em suas mãos nuas uma bússola magnífica. Ele pensava: Vou fazer a mesma coisa que Tomoo mas vou fazer ainda melhor.

Fez. Antes, seguidamente a algumas outras noites de saquê, explicou o projeto a Keisuke e lhe declarou: Preciso do seu dinheiro para começar. À guisa de resposta, Keisuke lhe contou uma história. Por volta de 1600, um filho de comerciante queria se tornar samurai e o pai lhe disse: Estou velho e sem outro herdeiro mas os samurais honram a via do chá e, por isso, lhe dou minha bênção. No dia seguinte, Haru convidou Keisuke para ir ao seu quarto, e com o serviço do avô lhe preparou o chá durante uma cerimônia simples mas mesmo assim um tanto solene. Depois, beberam saquê e conversaram rindo. A neve que caía sobre os templos cobria as lanternas com asas de corvo imaculadas e, sem avisar, Keisuke lançou-se num versinho sobre a inanidade da religião. O budismo não é uma religião, disse Haru, ou então é a religião da arte. Nesse caso, é também a do saquê, afirmou Keisuke. Haru concordou e beberam mais. No final, ele explicitou a quantia que pedia. Keisuke lhe emprestou.

Depois disso Haru brilhou ao contornar os obstáculos. Ele não tinha um local, alugou um depósito. Não tinha uma rede, usou a de Tomoo. Não tinha reputação, empenhou-se em construir a dos outros. Encantava a todos e Keisuke acertara: ele era, profundamente, um comerciante mas, à diferença do pai, seria um grande comerciante porque tinha não apenas o sentido dos negócios como também o do chá ou, para dizer de outra maneira, da graça. Na verdade, existem duas espécies de graça. A primeira resulta do espírito nascido da forma e, para esta, Haru ia a Shinnyo-dō. A segunda não passa da primeira sob um ângulo diferente mas, porque assume uma aparência específica, dão-lhe o nome de beleza — para esta, Haru ia aos jardins zen e frequentava os artistas. Seu olho de chá sondava as obras e trespassava-lhes a alma, o que ele resumia dizendo: Não tenho talento mas tenho muito gosto. Nisso ele se enganava, pois existe uma terceira espécie de graça em que são infundidas as duas outras e na qual Keisuke via o talento supremo. E se, no caso de Haru, ela se fixava num paradoxo, nem por isso deixava de ser muito poderosa: por toda a sua vida ele fracassaria no amor mas na amizade seria um mestre.

A amizade que, porém, é uma parte do amor.

Um dia, quando Haru já tinha amplamente demonstrado seu gosto pelas ocidentais, Keisuke lhe dissera:
— Para mim, tudo... a vida, a arte, a alma, a mulher... é pintado com uma só tinta.
— Qual tinta? — perguntara Haru.
— O Japão — respondera Keisuke. — Não imagino tocar numa mulher estrangeira.
Para Haru, era inconcebível, embora, a bem da verdade, ele compreendesse o amor de Keisuke por sua própria mulher, quem não compreenderia? Sae Shibata era tudo o que o coração podia desejar. Quando alguém a encontrava, sentia uma lança cravar--se. Não doía, era como olhar para o desenrolar muito lento de uma ação inefável. Qual ação? Não se sabia, pensando bem não se sabia muita coisa — se era bela, pequena, viva ou grave, ninguém seria capaz de dizer. Pálida, sim. Mas, do contrário, nada

restava, apenas uma presença intensa com a qual se tinha percorrido um caminho. Ora, eis que numa noite de novembro de 1975 um terremoto ceifara uma árvore, Sae e a pequena Yōko numa estrada da costa perto de Kaseda, onde viviam a mãe e a avó delas. Leve, o terremoto — e depois, mais nada. A árvore cai sobre o carro e o infinito se extingue.

— É apenas o começo — disse Keisuke a Haru.

— Não há nenhuma razão para que isso continue — garantiu Haru.

— Pare de tentar me convencer — disse Keisuke.

— Tudo bem — respondeu Haru.

E ele estava ao lado do ceramista sem palavras inúteis dez anos mais tarde, no dia 14 de fevereiro de 1985, quando Tarō, seu filho mais velho, morreu, assim como vinte e seis anos depois, no dia 11 de março de 2011, quando foi a vez de Nobu, o caçula.

— Mas eu não posso morrer — disse Keisuke na morte do primeiro. — Isso se chama um destino — esclareceu pegando o copo de saquê que Haru lhe entregava.

— Como sabe? — perguntou Haru.

— As estrelas — disse Keisuke. — Se você souber escutá-las. Mas você não sabe escutar, as pessoas das montanhas são muito bobas.

Na verdade, Haru Ueno era especialmente brutal como podem ser às vezes as pessoas das montanhas e, em pouco menos de dez anos, tornara-se um homem bem-sucedido, mais além de qualquer esperança. De seu início, guardara a prática de alugar locais efêmeros onde apresentar as obras. A única coisa que comprou foi um depósito de estocagem. Afora isso, tudo tinha mudado: era rico, era poderoso, seus artistas eram incensados. Para tanto havia diversas razões, em cuja brecha ele soubera se esgueirar e também, em posição de destaque, o fato de que identificava inteligentemente seus filhotes mas, por uma mistura igual de sinceridade e cálculo, escolhia da mesma maneira seus compradores. Não se imagina a que ponto isso atiçava o desejo: não só queriam as obras, como queriam ser clientes de Haru Ueno. No começo, ele oficiava sozinho embora Keisuke costumasse ficar num canto enquanto se concluíam as vendas. Sempre havia saquê e bebia-se até tarde da noite, quando Haru levava todo mundo para jantar em algum lugar. Depois que os outros desabavam debaixo da mesa, Keisuke e ele voltavam a pé, sob o luar. Nessas horas profundas, falavam de coisas essenciais. Por que você bebe?, perguntou Haru antes da morte da mulher do outro. Porque conheço o destino, respondeu Keisuke. E, quando Sae e a pequena Yōko morreram, ele lhe disse: Eu o tinha prevenido. Outra vez, Haru perguntou: O que você guarda, o invisível ou o sublime? Keisuke não apareceu durante alguns dias e depois levou para Haru o mais belo quadro que já pintara. Às vezes, apenas admiravam as estrelas fumando ou conversando sobre arte. Outras vezes, Keisuke contava histórias igualmente mescladas de literatura clássica e de folclore pessoal. Finalmente, cada um ia para a própria casa, a duzentos passos de distância, na beira do Kamo-gawa.

O Kamo-gawa — o metrônomo da vida de Haru — era seu passeio semanal a Shinnyo-dō mas sua âncora estava amarrada nas margens do rio que atravessa Kyōto de norte a sul, fendendo-a em duas entidades distintas. Todos os nativos sabem: é em suas margens, em suas alamedas arenosas, em sua vegetação e em suas garças-reais que se toma o pulso da velha cidade. Dá-me água e uma montanha, dizia Keisuke, e te modelarei o mundo, o vale onde serpenteia o inatingível. Haru comprou uma velha construção em ruínas que, dando as costas para o oeste, ladeava o rio e olhava para as montanhas do Leste. Ele não terminara os estudos de arquitetura mas Deus sabe como conseguia desenhar uma casa. No lugar do prédio desabando, mandou erguer uma maravilha de madeira e vidro. Lá fora, ela dava para a água e as montanhas. Dentro, se abria para minúsculos jardins. No centro da sala principal, numa gaiola de vidro aberta para o céu, vivia um jovem bordo. Haru usou pouca mobília, com gosto, mandou vir algumas obras. Para o seu quarto, quis um despojamento total apenas corrigido por um futon e pelo quadro de Keisuke. De manhã, tomava chá olhando os corredores passarem ao longo das margens de bordos e cerejeiras. À noite, trabalhava sozinho num escritório cujos vãos em quina davam para as montanhas do Leste e do Norte. Por fim, deitava-se depois de ter vivido outro dia no vale do inatingível. A metade do tempo, porém, não estava sozinho: no depósito organizava festas onde bebiam e dançavam entre os containers de estocagem, e em sua casa havia reuniões de amigos onde estes bebiam e falavam sentados diante da gaiola do bordo. As pessoas iam tanto à casa de Tomoo, onde inevitavelmente estava Haru, como à casa de Haru, onde Tomoo tinha seus pauzinhos para comer. Seja como for, sempre Keisuke estava lá.

Estamos em 20 de janeiro de 1979 e, é claro, Keisuke está ali. Sae e Yōko já morreram mas Tarō e Nobu, seus dois filhos, ainda estão neste mundo. Com eles, na casa recém-inaugurada do Kamo-gawa, Haru celebra seus trinta anos. Como de costume, há os assíduos, os desconhecidos e muitas mulheres. Servem saquê, riem com leveza, o tempo parece uma palma acariciada pela brisa. Lá fora, neva, e na gaiola do bordo a lanterna de pedra está coberta de asas imaculadas de corvos. Uma mulher entra em companhia de Tomoo, Haru a vê de costas, vê seus cabelos ruivos presos num coque frouxo, seu vestido verde, brilhantes nas orelhas. Ela fala com Tomoo, observa a árvore, roda sobre si mesma e ele descobre seu rosto. Então, de repente, sem avisar, da maneira como às vezes cai o nevoeiro, acaba-se a leveza.

— Um leque não dissipa o nevoeiro — diz Keisuke a um jovem escultor sem olhar para ele pois olha mesmo é para Haru.

Ele se cala e, pouco depois, o jovem escultor, perplexo, se eclipsa resmungando uma desculpa mas Keisuke, absorto pelo incêndio que se levanta, não lhe dá a menor atenção. Sabe ver as estrelas e conhece os incêndios — ora, não tem dúvida, aquela mulher carrega um. Ele não teme por Haru — ainda não —, ele teme por ela. Nunca encontrou um ser humano que fosse assim uma *não presença*.

— Esta é Maud, ela é francesa — diz Tomoo e Keisuke pensa: O nevoeiro.

Ao lado, está Haru e Keisuke pensa: O leque. Ele cruza o olhar da francesa de olhos verdes e olheiras elegantes. Ela lhe diz alguma coisa em inglês que Haru comenta com três palavras, rindo.

— Eu não falo inglês — diz Keisuke em japonês.

Ela faz um gesto com a mão que pode significar indiferentemente que aquilo não importa ou que ninguém está preocupado com aquilo. Todos têm a sensação de que o espaço, ou talvez o tempo, se distorce, e depois as coisas retomam um ritmo aparentemente normal e Keisuke sabe que ela passará a noite na casa de Haru. Esta noite, há no salão várias mulheres que são ou foram suas amantes. É o mais encantador dos homens e o melhor dos amigos, para quem o amor é uma ramificação da amizade e a família, um galho demasiado baixo — a gente bate com a cabeça, eu prefiro os galhos mais altos, ele costumava declarar antes que Sae e Yōko morressem. Nos funerais, como a amizade é uma parte do amor, ele diz: O destino escolhe mal seus galhos.

Em compensação, nessa noite o mesmo Haru tenta romper a névoa. Com um copo de saquê na mão, privado de visibilidade, ele agita seus leques: o da conversação no inglês perfeito que todos os japoneses lhe invejam, o do humor que ele maneja segundo o estilo dos europeus, o do gracejo que ele deve ao convívio, em especial, com os franceses. Mas nada dissipa o mistério. Ela lhe diz que é assessora de imprensa de uma instituição cultural, ele tenta uma aula de arte nipônica. Ela escuta, impassível, e a certa altura murmura *estou de acordo* como se diz *estou morrendo*. Haru fica perdido naquela mulher, ela lhe parece infinita e, ao mesmo tempo, ela não está ali, ele se vê diante de um vazio habitado por estrelas mortas. Nota que ela tem uma boca lindíssima, os cantos dos lábios debruados numa prega surpreendente, e sente simultaneamente que chegará a seu objetivo mas que alguma coisa lhe escapa.

No outro canto da sala, alguma coisa também alarma Keisuke sem que ele possa perceber claramente o que é, tanto que, como o saquê é uma tocha colocada sobre a raiz das coisas, ele bebe. Depois de uma hora, o único resultado claro é que está caindo de bêbado, sentado no chão, as costas contra a gaiola do bordo, as pernas esticadas, a cabeça coroada, em transparência, por asas de corvos cintilantes. É uma bela noite laqueada de neve, o céu congelou, as estrelas iluminam sua tinta, sem brilhar. A francesa e Haru estão do outro lado da árvore e, de novo, Keisuke está impressionado por uma qualidade dela, que torna o saquê impotente já que o evanescente não tem raízes. No entanto, essa não presença, esses gestos líquidos e indiferentes espalham um perfume de incêndio. Ele percebe o vestido verde-esmeralda, os brilhantes nas orelhas, o batom, o rosto delicado. Em torno disso, tudo é incerto, as proporções, as articulações, a coesão, o modo como o conjunto se une. Keisuke não consegue imaginar aquela mulher por inteiro e sabe que não é o efeito do álcool mas da ausência de junções invisíveis que liguem os fragmentos esparsos das criaturas. A lembrança de Sae o submerge, eles estão na casa do Kamo-gawa, ele reconhece o quarto, a luz, o corpo de sua mulher e, no incêndio líquido que é Maud, detecta sua fórmula invertida. A bem da verdade, não percebe nem formas nem contornos e vê-se como que afligido por uma certa cegueira mas essa cegueira segundo os parâmetros usuais da visão é o que lhe permite tal discernimento inédito. É assim que ele perfura as brumas onde se esconde o visível e se revela o invisível, ele, que está fadado para sempre à viuvez e à arte, único território onde ainda pode moldar presenças. Às vezes, com muito saquê, a amizade acrescenta as suas e, de todos, Haru é quem melhor brilha na escuridão. Há alguma coisa de *encarnado* naquele matuto das montanhas quando Keisuke detecta nele umas rachaduras que o tocam. No mais, e em especial quanto à arte, eles se mantêm num segmento diferente do espectro: Haru cobiça uma forma em cuja extinção trabalha Keisuke, acossando o invisível nas dobras onde não existem nem traços, nem texturas, nem cores.

Todos se apagam para captar a coisa nua que já não é coisa mas presença, e nessa corrida de olhos vendados Keisuke sempre espera ver o próprio espírito.

— Mas no final é uma mulher ou uma tigela — argumenta Haru.

— Você é cego porque olha — ele responde —, você deve aprender a não olhar.

Eis, portanto, Keisuke encostado na gaiola do bordo e que, com seu olhar aferido pela escala de Sae, apavora-se com o incêndio que é Maud. Pensa: O que faz um fogo que corre no vazio? Ele não sobe, não se eleva, consome-se lentamente em si mesmo. Paralelamente à sua visão afiada, a certeza de passar ao lado de alguma coisa intensifica-se e ele acha estranho estar ao lado do coração da tragédia sem vê-la. Infelizmente, está bêbado demais para decifrar o espetáculo e olha para Haru que tagarela, enquanto ela o escuta sonhadora, a cabeça levemente inclinada. Quanto a Haru, ele não repara que Keisuke o observa. Bebeu muito mas só está inebriado com a simpatia daquela mulher estrangeira, que o surpreende e o encanta, está louco por seu perfil de camafeu, por sua carnação clara, por seus cabelos ruivos. Confusamente, percebe mais aquém — mas aquém do quê? — outra estranheza cujo exame ele reporta ao *depois*. Tudo o que quer é beijar aquela boca, acariciar aqueles ombros e aqueles seios, penetrar naquele corpo, e pensa: O resto se revelará *depois*.

Quando, passados quarenta anos, Haru Ueno contempla a morte vestida de jardim, revê suas vidas esculpidas pelo depois — o depois de Sae, o depois de Maud, o depois de Rose — e pensa: Keisuke se matou de tanto me dizer isso e ignorei todos os sinais, não vi nada porque não parei de olhar. Mas, naquele 20 de janeiro de 1979, os convidados saem aos poucos da casa, levam Keisuke num carrinho de mão e por muito tempo riem na noite pois o frio não apavora os viajantes do antes. Um deles, porém, sabe que já caíram no depois, que agora só haverá uma longa litania do depois, que a vida não passa de um incessante depois. Ao deitá-lo em seu carrinho, Tomoo, mais bêbado que um gambá, lhe disse *Haru* mas Keisuke compreendeu *perigo*. Para quem dispõe do olho interior, o saquê é puro. Nada, jamais, vai alterar seu éter. Keisuke acredita que a bebida conseguirá a ruína de cada um mas não conseguirá a alma de cada um. Pelo olhar e pelo saquê, viram Haru em perigo.

Na casa do Kamo-gawa deserta, Haru entra na água e a francesa o segue. Ele lhe fala da madeira de hinoki e de sua nostalgia dos sentōs quando os japoneses ainda não tinham banhos domésticos. Ela está sentada na sua frente, ela passa a mão no parapeito de madeira lisa da tina.

— Mas ainda há sentōs — ela murmura.

Ele balança a cabeça.

— Desaparecerão — diz.

O grande banho cintila no claro-escuro da hora, a lua e as lanternas do jardim interno iluminam seu rosto e seu corpo. Ela tem seios brancos, ombros de bailarina, é esguia à imagem dos caniços, magra com delicadeza. Por uma razão desconhecida, Haru pensa numa história que Keisuke lhe contou e se apodera desse novo leque.

— Em meados do período Heian, no ano 1000 do calendário de vocês — ele diz — houve auroras de imensa beleza. No fundo dos céus murchavam braçadas de flores púrpuras. Às vezes grandes pássaros se fixavam nesses reflexos de incêndio. Na corte imperial, uma senhora vivia reclusa em seus aposentos, sua nobreza selava-lhe o destino de cativa e até o jardinzinho ao lado do quarto dela lhe era proibido. Entretanto, para contemplar as auroras, ela se ajoelhava na madeira da galeria externa e, desde o Ano-Novo, toda manhã uma raposinha aparecia no jardim.

Haru se cala.

— E? — pergunta a francesa.

— Uma chuva torrencial se instalou até a primavera — recomeça Haru — e a senhora pediu à nova amiga que fosse encontrá-la já abrigada, no alto do cercado onde só havia um bordo e algumas camélias de inverno. Ali, aprenderam a se conhecer em silêncio mas, em seguida, depois de terem inventado uma linguagem comum, a única coisa que se disseram foi o nome de seus mortos.

Haru se cala de novo e, desta vez, ela permanece quieta. Embora ele tenha pensado distinguir uma silhueta na bruma, agora lhe parece que uma fortaleza cresce, uma fortaleza de sombras, imensa e impenetrável, e ele é tomado pelo desejo, imenso também, de possuir aquela mulher. Um pouco mais tarde, maravilha-se com o milagre daquelas coxas abertas, daquele sexo que ele penetra. É transportado por seu corpo, algo indefinível, que, embora o perturbando, amplia seu desejo. Ela fixa o grande quadro defronte da cama e, às vezes, faz um gesto tênue que ele acha de um poderoso erotismo. Logo depois, ele dorme num caos de sonhos em que se correspondem a raposa e o banho. Ali a mulher desliza entre seus dedos, é prisioneira mas líquida e, sobretudo, está *em outro lugar*.

Quando ele acorda, está sozinho. Nas noites seguintes ela volta. No banho, ele lhe conta uma história. Depois, vão para o quarto. Toda vez ela fixa o quadro. Seu corpo é para Haru uma fonte de deslumbramento infinito. Ele se sente mergulhar numa corrente cristalina, e nessa não resistência total vê um dom total. Está apaixonado por seus quadris, sua pele, seus gestos raros, e perde certezas e referências. Se as mulheres amam Haru é porque ele ama o prazer delas mas com Maud ele não pensa nessa questão. Cruzou uma fronteira e aceitou os costumes de um país estrangeiro, imagina — e ela também — que seu gozo está *em outro lugar*. Daqui a uns dias, pensará que a indiferença era um consentimento, o abismo era uma paixão, e, pouco depois, pensará que quis esse abismo. Mas naquela noite, a décima, deita-se sobre aquela mulher fantasma e entra nela como quem fura uma onda negra. Mais cedo, esta noite, eles se viram na casa de Tomoo e ele só pensou na hora em que enlaçaria aquele corpo pálido. A certa altura, ela endireitou uma mecha com um gesto que faz no amor e, pela primeira vez em sua vida de homem, ele quis uma mulher — aquela mulher — para ele sozinho. Não pensa que em dez noites ela não lhe dirigiu nem dez palavras. Na névoa, não vê o incêndio. Vê olhos verdes e gestos de bailarina. Como sempre, olha uma forma.

Ele a penetra e sua passividade silenciosa o leva a êxtases desconhecidos. Provavelmente, se ela se animasse o sortilégio se romperia mas ela não se anima e ele se perde em meio à própria delícia. Vai e vem naquele rastro de luz, tudo o que aquela mulher quiser ele também quererá, e depois, de repente, algo se desequilibra e ela lhe parece outra. Na aurora nascente, seu corpo nu é diáfano, e pela primeira vez ela não fixa o quadro: observa-o. Ela está com as pupilas dilatadas, os olhos sombrios, ele é agarrado pelo pavor de espetar vivo um inseto. Sua palidez é uma cilada em que a luz é absorvida e ele goza em silêncio, tomado por uma sensação de desastre. Ela se levanta, se veste, lhe diz que vai a Tóquio, que o verá de novo quando voltar. Ele não entende nada mas não tem mais nenhuma dúvida: é o fim e ele não sabe nem sequer de quê.

Depois

Assim, Haru Ueno nascera e morreria olhando para uma íris. Agora ele sabia: para estar presente nas coisas, era preciso nascer ou morrer, e isso, sempre, aconteceria no jardim.

O Daitoku-ji zen de sua juventude oferecia uma profusão de beleza cujo equivalente ele não conhecia. Naquelas águas fora do tempo estavam lado a lado bambus, camélias, bordos, lanternas, areia e construções de madeira esculpidas como rendas, semeadas de redes secretas e recantos deliciosos. Em Shinnyo-dō, ao contrário, o templo era sombrio e maciço, com aspecto de refúgio de tempestade. Por idêntica economia, o jardim particular do monge principal só comportava três pedras, um pinheiro, uma faixa de areia cinza e uma lanterna enraizada no musgo mas, segundo uma antiga tradição, a cena guiava o olhar para a paisagem mais vasta das montanhas do Leste. Gostei tanto dessas núpcias do fechado e do aberto, pensou Haru, e no entanto não desejo mais que essas três pedras e essa areia roçada pelas ondas. Tornou a pensar numa das histórias preferidas de Keisuke: na China antiga, o imperador agradece a um conselheiro cauteloso pedindo-lhe que escolha um presente em meio à infinidade de suas riquezas — ora, o sábio pede apenas uma tigela de arroz e uma xícara de chá, razão pela qual lhe cortam a cabeça devido à sua impertinência. Sempre que a contava, Keisuke ria e, hoje, Haru pensou: Ele me contava essa história para o dia de minha morte. Tenho o mundo em minhas mãos e escolho uma íris e uma rosa. Pelo preço desse tesouro, daqui a pouco, vão me cortar a cabeça. Atrás dele, uma porta deslizou e ele fechou os olhos. Keisuke faz você carregar isto, disse a voz de Paul. Sozinho de novo, Haru abriu os olhos e viu, na sua frente, uma tigela preta. Pensou: É claro, tudo se atou e desatou na casa de Tomoo.

De fato, desde a primeira aurora Haru tinha entendido: Shinnyo-dō era uma terra de peregrinação, Tomoo era seu guardião e Keisuke o barqueiro. Os monges acreditam que só os mortos atravessam o último rio mas Haru estava convencido de que o ceramista o percorrera em vida e que o lugar por onde ele corria era Shinnyo-dō. Um dia, ele também o cruzaria na barca da amizade e com certeza veria, por sua vez, o mundo segundo o ceramista. Embora não convivesse com a morte, sempre se sentira em casa na colina pois acreditava no chá, na verdade do rio e no invisível que se tornava visível. Agora, cinco decênios depois de seu encontro com a tigela de Keisuke na casa de Tomoo, ele a via de fato pela primeira vez. A tigela se apagava mas não desaparecia, era fosca, simples, nua, Haru a contemplava e, logo em seguida, sua forma se extinguia, dela só subsistia uma marca sem substância nem contornos, dali nascia uma quietude profunda e ele pensava: Finalmente atravesso o nevoeiro.

* * *

Depois de uma semana, a francesa voltou de Tóquio, ele a reviu na casa de Tomoo, ela lhe mostrou um rosto hostil, ele se desviou. Já não a desejava, achava-a com uma frieza de réptil, esperava que ela partisse e retomasse sua vida. Keisuke não dava as caras, e ele foi embora antes do fim do encontro, voltou para casa, tomou um banho, leu um pouco e se deitou. Não temia sofrer embora soubesse que permanecia em algum lugar — nele, nela — um vestígio daquelas dez estranhas noites. Mas com o tempo, um tempo maravilhoso de mulheres e de passos na neve, começou a sentir uma leve inquietação. Sentia o rastro de Maud aflorar num ponto cego encravado dentro dele mesmo. Se pensava nos dez dias com ela, era incapaz de *representá-los*, tudo se mantinha num ângulo morto e ele era a um só tempo cego e consciente de sua cegueira. Embora acreditasse se conhecer, já não percebia a si mesmo, e à medida que continuava sua vida de antes (e insidiosamente duvidava que ela pudesse tornar a ser aquela), sua inquietação crescia. Quando fazia amor — quando recuperava a alegria de fazer amor com uma mulher — não pensava em Maud mas tinha de si mesmo uma apreensão nova, como se uma defasagem ínfima tivesse borrado o mapa milimetrado de seu ser. Mais ainda, à inquietação inicial se sucedera um sentimento difuso de ameaça.

Na noite em casa de Tomoo, a última antes que a francesa fosse embora do Japão, ele cruzara com uma inglesa. Já tinha encontrado o marido dela, um promotor imobiliário de Tóquio que acabava de instalar a mulher e o filho em Kyōto. Ele não gostava do homem e também não estimava o comerciante que só se preocupava com dinheiro. No Sistema Haru, o dinheiro servia para realizar a via da arte, para comprar saquê e para construir gaiolas de vidro para bordos, e Beth, a mulher do promotor, era feita de madeira similar à sua. Foram apresentados, falaram alguns instantes de coisas anódinas, ele soube que dormiria com ela e que seriam grandes amigos. Era uma mulher dura mas essa dureza era de uma espécie que não podia feri-lo pois ela exigia dos outros saber onde moravam, em si mesmos e no mundo, e na ausência disso ela seguia em frente seu caminho. Como Haru, a mulher desprezava o dinheiro, como ele, gostava de governar e construir embora, nessa época, fosse excluída das rédeas da empresa conjugal que, na morte do marido, ela transformaria num império. Depois do amor, Haru gostava de vê-la sentada na sua frente, nua, loura, angulosa, bebendo uma xícara de chá enquanto conversavam sobre seus negócios respectivos. Sabia que Beth tinha outros amantes, que o marido não se importava, que ela vivia numa licenciosidade inconcebível, tudo isso num país de homens e de mulheres não acostumados com a liberdade das mulheres. Tinha um filho de dez anos, William, a única criatura que algum dia amou e que, por culpa dela, perderia. Quando falava dele, sua pele ficava nacarada, seus olhos se escureciam, ela era diabolicamente bela, iluminada pelos enlevos do amor. O destino gosta de nos deixar exangues daquilo que nos manteve em pé e, para os que o olham sem piscar, ele gosta de decuplicar a força de seu castigo. Naquele 20 de maio de 2019, quatro decênios mais tarde, Haru via Beth e Maud banhadas por uma claridade nova e pensava: Assim se monta o quebra-cabeça, eu pensava amar a dureza delas mas via a estranheza das duas — a estranheza, a solidão, suas feridas e as minhas.

Naquela noite da primavera de 1979, Haru e Beth tornam-se amantes e, quando ele beija aqueles lábios de ocidental, quando se funde naquele corpo de ocidental, sente que Maud, enfim, se retira dele. Então, já que o destino sempre aumenta sua ira daqueles que o olham sem piscar, ele volta a bater à porta da casa do Kamo-gawa.

Quem lhe abre se chama Sayoko. Quanto ao mensageiro do destino, tem todas as aparências de um quarentão impecavelmente vestido, postado sob um guarda-chuva transparente, debaixo do braço um objeto enrolado em seda. Chama-se Jacques Melland, trabalha em Paris como antiquário especializado em arte asiática e tem duas paixões, os gatos siameses e Kyōto. Acessoriamente, tem uma mulher, três filhos e dificuldade em entender por que a vida faz nascer os humanos no corpo errado e no lugar errado. Quando, na véspera, o encontrou na casa de Tomoo Hasegawa, soube: era Haru Ueno que ele gostaria de ser. Agora que descobre sua casa, a lamentação se transforma em dor.

Sayoko olha para ele, que pigarreia. As japonesas de quimono o impressionam, ele nunca tem certeza de estar à altura de seu clã singular. Além do mais, não sabe se ela é mulher, irmã, amante ou governanta de Haru. Na véspera, o marchand apenas lhe disse para passar antes da hora do jantar, Jacques Melland se embonecou como para um encontro galante e, agora, esqueceu por que está ali — até esqueceu que fala japonês e ouve-se perguntando com uma voz de entonações quebradas:

— Melland-san?

Ele balança a cabeça e a japonesa acrescenta:

— Ueno-san wait for you inside.

No vestíbulo, há um grande vaso de flancos escuros onde esvoaçam ramos de magnólia. Na sala onde Haru o espera, há um bordo no meio de uma gaiola de vidro. Jacques Melland é invadido por certa repulsa por seu apartamento do 8e arrondissement, uma longa enfiada de aposentos com soalho de tacos em ziguezague. Em Kyōto, ele costuma ter esse tipo de repulsa mas dessa vez não deseja apenas viver naquele lugar, quer também tornar-se aquele homem. Perde o fio do relato que gosta de fazer sobre si mesmo — elegância, delicadeza e cortinas do reino de Luís XIV — e pensa: Eu daria dez anos de vida para viver a desse cara. Ah, olá, como vai, diz o marchand, em inglês, fazendo-lhe sinal para ir até a mesa baixa onde está sentado. A japonesa fica ali um instante, de mãos cruzadas sobre a obi laranja, antes de desaparecer a passinhos abafados. Ela volta trazendo numa bandeja um serviço de saquê ornamentado com flores de cerejeira. O líquido que Haru lhe serve é esbranquiçado, levemente espumante, um pouco turvo.

— Esse vem de Takayama — diz o japonês —, meu pai e meu irmão têm um pequeno comércio lá.

— Como você fez fortuna? — pergunta Jacques, e o outro ri.

— Encontrei minha casa — ele responde.

Jacques olha ao redor.

— Não, não — diz Haru —, não esta, mas se você tiver tempo amanhã, o levo lá.

O francês responde que tem tempo, lembra-se por que veio e põe sobre a mesa o objeto embrulhado em seda que transporta desde o hotel. Sabe que o japonês não o abrirá na sua frente, então diz:

— Trago sempre um comigo e o ofereço a quem me abre uma porta.

— Não a da fortuna, imagino — diz Haru.

— Não — responde Jacques —, uma porta invisível.

Bebem ainda algum tempo calados e depois Jacques se levanta e Haru lhe diz:

— Passo para pegá-lo amanhã no seu hotel às três e meia.

No dia seguinte, às três e meia, Jacques Melland espera diante da porta do hotel. Tirou da mala a gravata à Lavallière vermelha de bolinhas brancas dos grandes dias e sabe que está no limiar de esponsais secretos. No táxi, Haru lhe conta uma história de raposa da qual ele se lembrará um dia — o da morte dele — mas por ora o escuta sem entender a razão. Finalmente, o carro para diante de uma alameda que leva a um grande pórtico vermelho. Algumas pétalas de cerejeira voejam na brisa morna de maio, Melland pode ver, mais longe que o pórtico, escadas de pedra emolduradas de lanternas e de bordos que sobem até um templo atarracado. À direita, um pagode de madeira, em frente, o templo, um vasto pátio, em volta as construções anexas. Não há ninguém e se Jacques Melland, suas gravatas de seda, seus robes de cashmere e seus jantares no Club ainda tivessem alguma dúvida, esta acaba de ser varrida pois, ali, há uma pletora de portas invisíveis. O francês segue o japonês até a entrada do templo e, concentrado em seus sismos interiores, não escuta nada. Com um deslumbramento mesclado de reverência, pisa em soleiras desconhecidas e sente uma presença atrás de si mas, quando se vira, não tem vivalma. Ele se pergunta como deixou de ver aquele lugar, já que costuma ir ao Pavilhão de Prata, lá em frente, e que frequenta o santuário de Yoshida, a nem dois passos dali. Infelizmente, conhece a resposta: ele não é Haru Ueno, ele não é japonês, ele é apenas esse pobre Jacques Melland. O marchand o convida a rodear o templo e vão parar sob a mais bela abóbada de bordos da galáxia, as frondescências debruçadas num arco infinitamente solto. Ele sente o coração triturado e, perdido em seu feliz suplício, não ouve o que o outro lhe pergunta. Desculpe?, murmura, e o japonês reitera a pergunta — então, e essa porta invisível? — e, sem esperar a resposta, pega à direita uma trilha de pedra e areia que forma um caminho entre cemitérios.

Em algum lugar ao longe, um gongo bate quatro vezes. Em algum lugar ao longe, de novo, bem longe nos territórios íntimos de Jacques Melland dá-se uma junção, e a realidade, aquela em que ele anda entre túmulos e lanternas de pedra, muda de *matéria*. Por todo lado oscilam na brisa gravetinhos de madeira ornamentados de inscrições onde ele pensa ler o texto de sua entronização. Depois de uma curta perambulação, chegam ao fim da alameda e se veem no alto de uma grande escadaria que fende o cemitério na direção de outros templos no vão da colina. Atrás deles há um pagode de madeira, embaixo está Kyōto, esparramada em sua bacia, mais além as montanhas do Oeste. O tempo se dissemina, uma poeira leve, despejada sobre os caminhos do mundo, transfigura as horas e, entre nascimento e morte, Jacques Melland passeia pelo trajeto da vida.

No alto da escada eles se imobilizam e contemplam a cidade.
— Rilke — responde Melland à pergunta que Haru lhe fez dez minutos antes.
O japonês olha para ele.

— Ontem, na casa de Tomoo Hasegawa — diz Melland —, admirávamos as montanhas cobertas do verde suave de maio e eu disse: É bonito mas a mais bela estação é o outono. Então você citou Rilke: As folhas caem, caem como se do alto/ caíssem, murchas, dos jardins do céu.

— Ah — disse Haru —, aprendi esses versos com meu amigo Keisuke, é um fanático de Rilke.

— Mas é exatamente isso — disse Jacques —, é exatamente o Japão: um céu em cujo fundo morrem jardins.

Haru sorriu.

— Jardins para deuses — acrescenta Jacques —, você não consegue imaginar como é importante para mim ter aberto esta porta.

— Ah, acredite, consigo sim — responde Haru —, eu sei o que é a vida de um homem.

Calaram-se um instante e então Jacques perguntou:

— Qual era esse gongo?

— O do Hōnen-in — responde Haru —, os monges o fazem tocar todo dia na hora do fechamento.

— O pequeno templo ao sul do Pavilhão de Prata? — pergunta Jacques.

Haru balança a cabeça, mostra uma direção com a mão.

— Estamos em Kurodani, o nome familiar do templo de Konkaikōmyō-ji, Tochan mora no flanco leste de Shinnyo-dō, a dois minutos daqui, o Pavilhão de Prata é um pouco mais longe, a vinte minutos de caminhada.

De um lado e outro dos degraus há alamedas misturadas a sepulturas e bambus celestes. Melland sabe que nada acontece por acaso e que toda a sua vida, agora, tem a ver com os instantes contidos no intervalo que separa a casa de Tochan e essa escadaria de cemitério. Ele morrerá velho, talvez, e já viveu bastante, mas o coração de sua existência se exibe aqui e agora, de uma só vez e para a eternidade. Ele inspira profundamente, como que renascendo e de luto, feliz e desesperado a ponto de chorar — pois é, ele pensa, uma vida se resume a dois dias e algumas centenas de passos. O japonês não diz nada mas Melland, perdido de amor por aquele intermediário que acaba de fazer dele um peregrino, quer honrar o destino que o colocou em seu caminho.

— Foi uma amiga que me disse para ir à casa de Tomoo e, graças a ela, eu o encontrei; Maud Arden, conhece-a?

— Ah, Maud — diz Haru num tom leve —, como vai ela?

— Ah — diz Jacques —, não sei, com ela é difícil saber.

Ele pensa em outra coisa e depois, à toa, volta a pensar em Maud.

— Aliás — acrescenta —, ela está grávida.

Há um silêncio em que Melland não repara mas Haru esqueceu completamente a presença do francês. Um segundo antes ele se mostrava afetuoso com aquele negociante que se tornou um homem de fé, agora pensa que seu túmulo será ali onde ele soube da existência de sua filha. Não tem nenhuma dúvida de que a criança é dele e nenhuma dúvida também de que será uma menina. De uma só vez, ele se descobre pai e desejando sê-lo — pai sem família de filha estrangeira — e fica transtornado, ao mesmo tempo que a acolhe. Não sabe se já não se pertence ou se nunca se pertenceu tanto. Alguém acaba de apertar um interruptor e um aposento ignorado de sua própria casa se iluminou. Ele está ao mesmo tempo perdido e desvairado e pensa: Maud não era um fim mas um começo. O sentimento de conivência — mas com quê? — é tão forte que sua vida inteira nele se enrola. No fundo dos céus, com a mesma claridade assustadora, ele vê as nuvens se juntarem. Prevê doar dinheiro para o templo, redige mentalmente uma carta para Maud, metaboliza a translação vertiginosa de seus bens para um ser ainda por chegar e a cristalização de sua vida em três palavras gravadas na pedra de Kurodani. Não sente raiva nem incerteza e pensa: Esse fio não pode arrebentar. Escuta distraidamente o francês enquanto retomam o passeio entre as construções do complexo e pensa que eles são dois homens sob o impacto da revelação que traça o caminho de cada um nas alamedas do espírito.

— Como se chama seu filho preferido? — pergunta.

— Claro que eu não tenho filho preferido — responde Jacques —, mas ele se chama Édouard. Os dois outros são uns brutos. Acho que ele será gay e que assumirá a loja.

Em seguida, falam displicentemente, sabem que o momento passou, que tornarão a ver-se e não terão mais nada a se dizer. Haru deixa Jacques no hotel, volta para a casa do Kamo-gawa e liga para Manabu Umebayashi, um japonês que mora em Paris e frequenta todo o mundo cultural. Ele lhe pede o endereço de uma certa Maud Arden e, no dia seguinte, põe no correio uma carta que diz: Se a criança é minha, estou aqui. Algumas semanas se estendem na bruma e, finalmente, Haru recebe uma resposta: A criança é sua. Se procurar me ver ou vê-la, eu me mato. Desculpe-me.

Após um longo tempo de abatimento e pavor, mantido pelo mesmo fio invisível que o convencera a escrever a Maud, Haru fez a coisa que melhor sabia fazer no mundo: organizou-se. Para isso, depois de ter brevemente tergiversado, fez uma confidência a outro mestre da organização da casa. Sayoko abrira a porta para o mensageiro do destino, ela seria a única testemunha e ele lhe disse que logo seria pai de uma criança francesa que não lhe permitiriam ver. Ao menos por ora, esclareceu, e acrescentou: Digo-lhe isso porque haverá fotos. Ela concordou com a cabeça, foi à mesa baixa perto da árvore e dedicou a hora seguinte a cuidar de suas contas. Finalmente, ela se levantou e levou uma xícara de chá para Haru. Será uma menina?, perguntou. Ele concordou, ela foi embora.

Seis meses antes, aspirantes a governantas haviam desfilado na sala do bordo mas só Sayoko se destacara contra o fundo da árvore com a nitidez de um ramo singular. Haru olhava para ela, que olhava para a gaiola de vidro, e o peregrino reconhecia nela todos os sinais. Seu lar ficava ali onde Sayoko tinha marido e filho mas o lugar onde vivera e viveria sua verdadeira vida era a casa do Kamo-gawa. Aliás, tinha todas as competências necessárias para a função, as que ordenam o visível e as que domesticam o invisível. Mais ainda, adorava Keisuke, o qual fazia parte dos móveis quando curtia seu saquê no sofá do salão. Segundo sua classificação heterodoxa das divindades do xintoísmo e do budismo, ela estava convencida de que ele era um tipo de herói aclamado nas duas religiões, e disso nem o hálito de esgoto nem os roncos aflitivos do ceramista conseguiam fazê-la desistir: já que Keisuke via o que os outros não viam, ele supostamente podia beber para encontrar seu caminho na vida corrente. Da mesma maneira, precisava de um santuário onde viver sua arte e seu luto, e esse santuário era a casa defronte das montanhas, dando para o rio. Isso, Sayoko, seus quimonos, sua placidez e seu gênio da intendência sabiam instintivamente, daí que ela gostasse de Haru mas venerasse Keisuke.

Nas semanas seguintes, Haru instalou o novo baile de sua vida. Respondeu a Maud: Respeitarei seu desejo, não tentarei ver minha filha, não sofra. Por intermédio de Manabu Umebayashi, contratou um investigador que falava inglês e um fotógrafo, deu instruções precisas, pagou generosamente. Em seu escritório, mandou pôr painéis de cipreste e depois esperou que o terceiro fio de sua vida aparecesse na cena do mundo. Sobre a mesa de trabalho, depositou o presente de Melland, uma moldagem de uma pequena estatueta primitiva cor de marfim que, obtidas as informações, representava uma deusa da fecundidade — e, assim, do destino, pensou. O verão foi ainda mais quente que de costume e ele gostou da queimação úmida quando, pelo efeito de um mecanismo insondável, seu desprezo pela paternidade se transformara em esperança. Algo nele queria essa criança nascida do desastre e uma deliciosa certeza se fixava: um dia, ela viria à sua colina e, por sua vez, ali se descobriria em peregrinação.

No prolongamento dos dias estivais dedicados à espera, às mulheres, ao saquê e à arte veio um outono especialmente clemente. Nas montanhas, as árvores desabavam como incêndios. No fundo dos céus murchavam braçadas de flores púrpuras. No avermelhado dos bordos batia o coração do antigo Japão. À medida que se aproximava o nascimento daquela criança estrangeira, Haru se convencia de que nele florescera um amor renovado por sua terra natal. No dia 20 de outubro, estava em casa na companhia de Keisuke bebericando um saquê.

— Gosto cada vez mais do Japão — disse, e Keisuke caiu na risada.

— Você é um estrangeiro aqui — ele disse —, é por isso que se deita com as ocidentais.

— Sou tão japonês quanto você — retrucou Haru, surpreso. Keisuke não disse nada.

— Pertenço a Shinnyo-dō — ainda protestou Haru.

— Você é um peregrino — disse o ceramista — em errância em sua própria vida. Talvez tenha encontrado sua casa mas, no início de tudo, você é um filho das montanhas que arranca o coração e se exila. Ora, para fugir à regra você foge da verdade.

— Da verdade?

Keisuke riu.

— Da verdade: o amor.

Haru se preparava para responder mas o telefone tocou e ele foi atender ao chamado do novo mensageiro do destino. Quando voltou, Keisuke lhe recitou dois versos do mesmo poema de Rilke cujo início ele próprio tinha mencionado a Melland:

— E a terra, só, na noite de cobalto,/ cai de entre os astros na amplidão vazia. Até Rilke compreende o seu país melhor que você.

Mas Haru estava pouco ligando. Pouco ligava para a terra do Japão, para o exílio, astros e solidão. Pouco ligava para tudo o que, até então, tivera um significado para ele. Esperou que Keisuke fosse embora e, quando Sayoko voltou para pegar o serviço de saquê, disse-lhe:

— Ela se chama Rose.

Pronunciou à inglesa, a língua que ele lhe ensinava para as recepções com os ocidentais.

— Rose? — repetiu Sayoko pronunciando à japonesa.

Ele aquiesceu, ela não acrescentou nada e voltou para seus aposentos. Mais tarde, ele tomou um banho, leu um pouco, apagou a luz e dormiu numa sensação de graça.

Acordou no meio da noite e, com a mesma evidência que lhe mostrara as nuvens juntas acima de seu vale, apavorou-se com o futuro — com a solidão e a terra pesada —, repensou sem motivo na raposa e na sua dama reclusa, levantou-se e foi à gaiola do bordo. A árvore murmurava fragilmente e, depois de um tempo de desespero, ele compreendeu a mensagem. Como sempre, não ouvia as estrelas. Como sempre, aquela mulher o cegara. Ela jogava sobre as coisas uma luz violenta que, paradoxalmente, impedia que ele visse, e então ele mesmo se enganava, contava para si próprio uma história absurda em que tinha controle sobre as coisas, imaginava um futuro sem nenhuma existência possível. Porém, no final tudo era transparente. Sua filha nascera e ele não a conheceria. Ela viera de entre os astros e o destinava à solidão.

Assim, já que não podia mudar o destino, Haru Ueno mudou a si mesmo e, naquela noite, nasceram metamorfoses em série.

Primeiro, ele se informou. Conheceu onde e com quem vivia Maud, retraçou sua história, sua cartografia social, suas constelações de amigos. Em poucas semanas conseguiu compilar sobre ela uma boa dose de informações. Porém, não se informava por se informar, mas para que seu desejo de encontrar a filha pudesse achar a luz. Esse desejo não podia ficar dentro dele. Pesava em seu peito do acordar à hora de se deitar. Alterava sua conivência com a existência. Ele o separava do mundo por uma tela invisível. Haru enfrentava suas montanhas e só sentia a lembrança de um arrebatamento oculto. Navegava entre um ponto cego, dentro de si, e um território distante onde estava a chave de seu ser. Pouco a pouco erodia-se a certeza que tinha de se conhecer. Pior ainda, o único momento em que renascia, na curva de Shinnyo-dō, dava lugar, na casa do Kamo-gawa, a uma sensação redobrada de solidão.

* * *

    Logo, repleto de informações a ponto de não saber o que fazer com elas, viu-se como uma serpente tendo de digerir, jejuar e depois entrar na muda. Ruminou a refeição que lhe tinham servido, leu e releu os relatórios, escrutou as fotos, atormentado pela sensação de olhar sem ver. Havia o que elas diziam e o que elas não diziam. Elas diziam: Maud Arden, vinte e oito anos, solteira, dividia seu teto entre Paris, onde trabalhava, e o vale do Vienne, na Touraine, onde vivia sua mãe, Paule Arden, uma viúva. Numa das imagens feitas com teleobjetiva, via-se a configuração da propriedade. Construída no alto, dava para o rio e ficava em frente às colinas que luziam na margem oposta. No meio do jardim elevava-se uma grande casa de proporções harmoniosas com um balcão de ferro fundido e janelas altas. Haru achou belas a claridade da pedra e a vista para o vale onde serpenteava o inefável, belas também as árvores majestosas da propriedade. Um dia em que não havia ninguém, o fotógrafo tinha entrado e batido uma porção de fotos. Naquele parque sem água tudo tinha uma melodia de riacho e Haru acreditava ver em Paule uma aliada disso. Ela parecia andar com passos amplos, parar, erguer pensativamente o nariz para as nuvens, e havia em seus gestos imobilizados pela fotografia uma fluidez em que ele reconhecia a presença movente do espírito. Alta, morena, ereta, ela aparentava ser a antítese de sua propriedade, um entrelaçado de trepadeiras e de rosas antigas em que se mergulhava como num pântano secreto. Por mais incompreensível que lhe fosse seu mundo, Haru imaginava que, em seu jardim, ela se tornava líquida e amava a chuva, imaginava que os musgos de Kyōto lhe agradariam, e adivinhou — ou quis acreditar — que Rose lhe devia seu nome de flor. É claro que no início essa efração na existência de uma desconhecida lhe pareceu condenável, e também sua impaciência em receber os relatórios, e as longas horas que dedicava a examiná-los. Ao seu redor, em seu escritório, acumulava-se uma calma estranha, a matéria do ar mudava: seus olhos trespassavam o espaço e revelavam, a dez mil quilômetros de distância, outra vida — uma vida totalmente diferente. Aos poucos, no entanto, apaixonando-se por aquela mulher elegante, ele se sentia menos culpado e diariamente lhe dirigia uma prece muda em que punha toda a sua deferência mas também toda a sua gratidão.

Pois ao lado dela crescia sua filha. Ele conheceu Rose no jardim, numa almofada, num carrinho de bebê e, chegando a primavera, num parquinho no gramado onde, pela primeira vez, a descobriu de fato, ruiva, pálida, miúda, enquanto debruçada sobre ela sorria a mulher morena e alta. Muito jovem, Paule Arden perdera o marido mas, rica de nascimento, não teve de trabalhar nem de se casar de novo. Tinha alguns amigos no vilarejo vizinho, colhia suas rosas na amizade dos ventos, das chuvas e das lembranças, passava o essencial de seus dias fora da casa. Haru não via melhor tutora para sua filha do que aquela estrela sonhadora acostumada à tristeza e às flores. Ele as olhava rindo juntas e pensava: Esse laço não pode se quebrar. Sobre o pai de Maud, em compensação, tinha poucas luzes, parecia que ele morrera precocemente sem deixar no mundo traço visível aos olhos dos vivos, e se dentro de casa havia dele relíquias e retratos, Haru não tinha acesso a isso. Por uma razão misteriosa, pressentia que o destino de sua filha pertencia às mulheres, sem pensar que essa intuição o excluía também, que ela crescia sem pai como, antes dela, sua mãe, e que ele era do mesmo modo um fantasma cujo retrato não aparecia em lugar nenhum. De resto, por que teria pensado ser faltoso se sabia estar perfeitamente vivo e presente?

* * *

    Nos primeiros tempos, digeriu sua comida examinando as fotos de Rose, ruiva, risonha, adorável, deitada na grama, a fronte oferecida aos céus. Não se cansava de contemplá-la e, sentindo-se com bastantes reservas para jejuar, deu-se um ano de paciência. Já não duvidava que conseguiria chegar a seus objetivos e continuava a levar sua vida à maneira dos amantes clandestinos, na perspectiva de reencontros secretos. Sayoko entrava no escritório, deixava-lhe chá ou saquê, passava diante das ampliações espetadas em painéis de cipreste, ia embora sem dizer uma palavra. Quando Keisuke vinha, Haru o recebia na sala do bordo, longe de seu escritório que se tornara um santuário ligando Kyōto a um punhado de colinas distantes. Ele leu uma enormidade de obras sobre a França, se documentou com cuidado mas não quis aprender francês: com a filha, naturalmente, falaria japonês. Por fim, meditou longamente sobre como se aproximar de Maud e resolveu escrever a Paule quando Rose festejasse seu primeiro aniversário.

    Não escreveu. Havia o que aqueles relatórios diziam e o que não diziam. Ora, o que não diziam, Haru via. Todo fim de semana, Maud ia de trem para a casa da mãe e algumas imagens a mostravam no jardim, fumando um cigarro, de costas para o parquinho no gramado. Na manhã do primeiro aniversário de Rose, quando Haru lia em seu escritório, Sayoko foi lhe levar o envelope trimestral da França. Ele continha fotografias de um caminhão na porta do edifício parisiense de Maud e depois diante da casa de Paule, tendo como única legenda estas palavras: Ela está de mudança.

Haru ergueu os olhos para suas montanhas. Nas fotos, os céus da Touraine eram imensos, vergados numa vasta cobertura acima da terra verde. Ele pensou que em Kyōto não havia abóbada, nem infinito, somente brumas que subiam à noite ao longo das vertentes. As folhas das cerejeiras e dos bordos, nas margens do Kamo-gawa, começavam a avermelhar, os atletas matutinos desfilavam em silêncio, o espaço e o tempo se desfaziam, a vida de Haru se cindia. Uma foto mostrava Maud de braços cruzados diante da varanda mas na verdade não mostrava ninguém. Veio-lhe uma lembrança de sua infância, uma peça de nô no santuário vizinho, assombrada de espectros e de mulheres perdidas contra um fundo de biombos e pinheiros de montanha. Ele se lembrava disso como se fosse de um sonho que nenhuma representação, no teatro, fora capaz de, em seguida, apagar; um sonho tenebroso que permanecia nele e banhava seus anos. Maud se mudava para a casa da mãe assim como se entra numa ordem religiosa, renunciando ao mundo, com um olhar de fantasma, e ele não duvidava que ela se mataria se ele entrasse em sua vida de novo. Ironia do destino, jamais seus negócios foram tão prósperos e ele estava arrasado ao pensar que tinha sucesso na medida do desespero de seu coração, que só era um grande marchand porque fracassava em se tornar um pai. Até ali, a vida que só contivera promessas de conquista apresentava-se de um ângulo novo: haviam-na rasgado como um papel de seda e alguém — aquela mulher — mantinha seus fragmentos separados. A tragédia já não pertencia ao mundo, infiltrara-se nele mesmo, que estava condenado a jejuar. Então, uma vez que não queria aceitar a equação do destino mas não podia resolvê-la a partir de fora, iniciou a muda.

Entrou na muda com a determinação que punha em tudo, e para isso, voltando ao seu coração arrancado das montanhas, não olhou para o futuro mas para o passado. Foi a Takayama.

Na cidade, foi visitar o pai e o irmão, encontrou o primeiro cansado e o segundo preocupado. Beberam saquê e trocaram notícias sucintas. Quando Haru se despediu, Naoya o seguiu até lá fora e, de costas para a loja, lhe disse: Ele está perdendo a cabeça, sabe. Haru subiu a rua dos comércios de saquê, um buraco do espaço-tempo que levava aos manes do antigo Japão. Pensava: Kyōto é seu pulmão, Takayama, seu coração, um coração simples e fervoroso, ancorado nessas casas sem idade que vão à deriva na vaga do tempo. Pegou o caminho da casa familiar, a uns quinze minutos de carro do centro. Na juventude, seu pai descia a pé da montanha, toda manhã. Às vezes ficava para dormir na cidade, na parte superior da loja. Se não, andava ao luar na noite gélida e seguia a torrente até a casa na margem. No meio do vau havia uma grande pedra e no inverno as águas só deixavam ver a calota coberta de geada. Haru crescera vendo a neve cair e derreter sobre aquela rocha, ali concebera seu amor pela matéria e sua compreensão das formas. Volta e meia, pensava que recebera menos de seu pai que de seu rio, ou melhor, que aprendera com os seus — mas sem que eles se dessem conta — o que não queria. Eles davam duro, comiam, dormiam, recomeçavam. A labuta não cedia à contemplação mas à ausência de labuta. Só havia tempo para uma matéria bruta cuja forma escondida ninguém percebia. Inversamente, o rio defronte da casa dizia: O mundo pede apenas para exalar suas formas. Trabalhe com afinco para abrir portas invisíveis.

Na mesma proporção do afastamento de sua filha estrangeira, Haru procurava em sua própria cultura raízes novas. A maior das portas invisíveis, a que levava aos outros, tinha o nome do chá. Haru queria andar sem parar, contanto que fosse sobre os paralelepípedos regados de água pura. A existência devia ser um caminho percorrido de ondas e dominado por transparência movediça. No frescor e sob os raios de luz ondulava um território onde se adorava a beleza e se acreditava no espírito. Ora, em Takayama ele sabia onde e com quem cruzar essa porta. Foi pela beira do rio, pegou uma pista sob as árvores, estacionou ao lado e continuou a pé. Ouviam-se a torrente e o murmúrio do vento nos pinheiros, os raios de sol, por entre os galhos, tinham um estremecimento de vitral. Apareceram a cabana, o telhado de sapê, a galeria de madeira, a horta na beira da corrente e, pairando acima de tudo, uma atmosfera de solidão e força. Era novembro e na outra margem as folhas de um jovem bordo saíam voando, vermelhas e leves, novas e já morrendo. Não havia ninguém, Haru foi até o rio, sentou-se no platô elevado do plantio de abóbora e das folhas de shiso, absorveu-se na rapidez das corredeiras. Um ruído o tirou de seu sonho e Jirō, saindo do bosque, foi encontrá-lo sob a marquise e lhe fez sinal para entrar. Na cidade, o velho tinha uma loja de antiguidades onde havia bugigangas lado a lado com tesouros. Na montanha, ele governava um reino de miséria e de graça. Na sala principal, pediu a seu hóspede que se sentasse e lhe preparou o chá. Em Kyōto, Haru participara de muitos serviços e vivera muitos êxtases e muitas decepções. Às vezes, dava-se a magia, outras vezes, em ambientes frios e formais, ele se enfarava com polidez. Mas ali sempre se celebrava a civilização do chá, tomava-se banho no rio onde haviam passado os mestres antigos, ouvia-se a lição da sobriedade elegante e da humildade requintada. Jirō, inversamente, oficiava no caos de uma cabana atulhada de livros, objetos e utensílios diversos. Não havia rolos nas paredes nem flores na alcova. Na entrada se empilhavam caixas de cerveja. Os tatames eram velhos, um pouco corroídos pelas traças. Entrevia-se ao lado, pela porta corrediça, uma cozinha desarrumada. Embora o lugar fosse limpo, tudo ali estava revirado.

Porém, ali o espírito falava com o espírito. Uma chaleira de ferro fundido, colocada sobre um suporte esmaltado, sussurrava no pequeno braseiro de carvão. Em volta de Jirō, sem ordem propriamente, estavam dispostos os utensílios do chá e um recipiente de água fresca enquanto, sentado de pernas cruzadas, ele batia o pó verde, rindo. O que mais você quer, além de uma água de montanha e um pouco de fantasia?, ele dissera um dia a Haru. Não compreendo esses serviços custosos ministrados com cara de enterro. De fato, se da cerimônia, de seus códigos e rituais, ele não conservava quase nada, nele o caminho do chá cintilava. Cintilava na impecável limpeza dos utensílios, na pureza da água, na sombra furta-cor das árvores. Cintilava na intenção e na modéstia da decoração, nos gestos precisos de um homem de coração caloroso. Era uma cintilação opaca, sem brilho, uma camaradagem — as obras do chá viviam e nos atraíam por laços de amizade. O mundo lá fora fremia, o quarto se fazia presença, aqui e agora faiscavam e dois amigos viviam por uma hora lado a lado, fora do tempo.

Haru foi o primeiro a beber o chá espesso, uma pasta amarga com gosto de legume e de floresta.

— O que você faz na cidade? — perguntou o velho.

— Vim ver meu pai.

— Ah — disse Jirō —, certamente não.

Pegou a tigela de Haru, acrescentou água, fez espumar o resíduo de pasta agarrado na louça.

— Como vão os negócios? — perguntou depois.

— Muito bem — Haru respondeu.

Jirō pousou a tigela diante dele, sobre o tatame.

— Vergonhosamente bem, até — acrescentou Haru.

O velho riu.

— Somos comerciantes — ele disse —, a vergonha é nosso cotidiano.

— Não tenho vergonha de ganhar dinheiro — disse Haru, surpreso.

— Falo da vergonha de dever agradar — disse Jirō.

Haru deu um gole no segundo chá, leve.

— Não procuro agradar — ele disse.

— Você o faz instintivamente mas faz — disse Jirō —, isso é vulgar.

Ao longe, um corvo grasnou e por instantes Haru teve a impressão de que a torrente cindia ao meio a existência. O sol perfurava as folhagens e lhe mostrava as margens opostas de sua vida. Numa, havia as mulheres, o saquê, os jantares de negócios e as festas. Na outra, havia as obras de arte, Keisuke e Tomoo. No centro, numa zona de mistério percorrida de água viva, enigmática e aérea, Rose flutuava.

— Você pode contar as histórias que quiser — recomeçou Jirō. — No final, vai se ver sozinho com elas e verá se elas te consolam ou te fazem sofrer.

— Acho que sei quem eu sou — disse Haru.

— Então o que faz aqui?

Haru ia responder: Faço uma visita a um velho mestre, mas uma brisa leve fez tilintar o sininho fūrin da entrada. Lá fora o rio corria, nos pinheiros o vento assobiava, pelo chá ele perambulava na bela loucura das coisas. Uma curiosa sensação se espalhou em seu peito. Será que ele pode ter razão?, pensou. E pela primeira vez na vida: Será que eu poderia me mentir? Jirō estava encostado na parede, de olhos fechados. O que se vem buscar no chá senão o invisível?, perguntou-se também Haru. De novo lhe veio o pensamento de que aquela mulher lhe confiscara alguma coisa ou, talvez, enraizara nele um território onde ele andava como cego. Os dois amigos ficaram ali em silêncio e Haru reconheceu o frescor que, agora, molhava seu espírito. Embora o frescor fosse cruzado de sussurros e de apelos distantes, era o do vazio que o caminho do chá oferece a seus peregrinos. A vida se despojava de seus enfeites e, como em Shinnyo-dō, se oferecia a ele sem adornos. Ele perambulava num vale habitado de estrelas e esperava que, desta vez, saberia escutá-las. Será que elas carregam as palavras de meus ancestrais? De meus irmãos? De meus juízes?, pensou. E, perturbado por essa trilogia insólita, sentiu se formar uma intuição.

Jirō abriu os olhos.

— Um homem que acredita se conhecer é perigoso — ele disse.

Haru se levantou.

— A propósito — acrescentou o velho —, seu pai não anda bem.
Como Haru não respondesse nada, acrescentou:
— Você não quer a verdade? Pois terá a desolação.

Depois da forte admoestação, decidido a escutar as estrelas, Haru começou pela pista de seus ancestrais: foi buscar a verdade em seu pai. Ali, encontrou sua mãe.

Ou melhor, encontrou o silêncio e a solidão e, sentada entre eles, uma mulher, inclinada sobre a mesa da cozinha, cortando em fatias fininhas uns matsutakes. Na penumbra nascente, ele podia sentir o perfume. Ligou o interruptor, ela ergueu para ele olhos espantados e depois foi cumprimentá-lo alegremente, acompanhada do silêncio e da solidão que pareciam se mover com ela. Ele teve a sensação fugaz de um aposento familiar onde se representaria de novo uma cena idêntica — ela esperava no escuro, olhava para ele com espanto, ia até ele em meio à alegria —, mas ela já o fazia sentar-se, lhe servia chá, lhe fazia perguntas sobre sua saúde, seus negócios, sua vida em Kyōto. Quando ela se calou, ele apontou para os cogumelos.

— Naoya foi à colheita hoje de manhã — ela disse.

— Estão sendo vendidos a preço de ouro no mercado — ele observou.

Ela riu.

— Até os pobres são ricos.

Com uma expressão indecifrável no rosto, acrescentou:

— Vou fazê-los para o jantar, seu pai e seu irmão não vão custar a voltar.

— Naoya janta aqui? — ele perguntou, espantado.

Ela balançou a cabeça, não disse mais nada. Pôs numa panela de ferro arroz, saquê, mirin, molho de soja, dashi e os cogumelos salpicados de sal. Misturou tudo e cobriu o recipiente com um pano branco, em gestos precisos, envoltos de silêncio. Ele virou a cabeça e viu pela janela, no dia declinante, os pinheiros escuros recortados contra um fundo de tinta diluída. A torrente despencava pela ladeira de sua infância, trazia as vozes de seus ancestrais, fazia nascer nele desejos opostos de intimidade e de fuga. Enquanto se sentia à deriva naquele balé de sombras apareceram seu pai e seu irmão e, no rastro deles, o cheiro de levedura da cervejaria, o de toda a sua infância. Lavaram as mãos e Haru achou que o pai levava um tempo inabitualmente longo para isso. Agora, a mãe colocara a panela em fogo baixo e servia o saquê, os estratos do tempo se disjuntavam, cada ação e cada palavra pareciam isoladas das outras, envoltas numa ganga de tristeza. A conversa desconchavada, a silhueta do pai diante da pia, o frescor do álcool fracassavam em se reencontrar.

— Por que você vem sempre na primavera? — o pai perguntou de repente.

— Venho a cada estação — ele respondeu, surpreso.

— Mas a melhor estação é o outono — continuou o pai, sem ouvi-lo.

Haru quis falar mas Naoya lhe fez um sinal discreto.

— É, o outono — o pai insistiu —, a maioria das boas coisas acontecem no outono.

No rosto de sua mãe imobilizou-se uma máscara desconhecida e Haru, de novo, pensou na peça de nô de sua infância, em seus espectros assustadores, em seu cenário de montanhas e medo. Seria essa a lição de meus ancestrais?, indagou a si mesmo. Um pai ainda jovem que já perde a cabeça? Sua mãe pôs a mesa, trouxe o arroz com cogumelos e os serviu com uma lentidão inabitual. Lá fora baixava a escuridão e, ao mesmo tempo, uma espécie de crepe leve, insólito, que encobria a percepção de Haru. Comeram na noite fechada, eterna, irrevogável. De vez em quando o pai balançava a cabeça, murmurava algo consigo mesmo e Haru se sentia agarrado pelas trevas. Pensou que devia ser arrancado daquela cena povoada de fantasmas mas sua mãe, nesse instante, lhe sorriu e uma história de Keisuke lhe veio à memória. Pouco antes do fim do período Heian, um monge abre-se com sua própria mãe sobre seu sonho de uma peregrinação pela China. A viagem até o monte dos Cinco Terraços, santuário do budismo, deve durar três anos. Ela tem oitenta, são os últimos sobressaltos da era, ela sabe que não conhecerá a seguinte. No entanto, emudece de espanto e seu filho se despede. Passam-se uns meses, suspensos e inquietos, até que, uma manhã, ele lhe anuncia sua partida para breve. De novo a dor impede a velha senhora de falar, de novo o filho se retira e, enquanto ela espera a hora das despedidas, ele vai embora sem voltar para revê-la. Ela não o condena, reprova-se ter ficado calada, chora de perder o fôlego, escreve o diário de sua aflição, em que mistura poemas maravilhosos. Finalmente, deseja morrer. Eu não compreendo o objetivo, dissera Haru nesse ponto da história. Você não vê a grandeza em amar um ingrato?, perguntara Keisuke.

Haru bebeu saquê e olhou para o pai. Meu gosto vem da incompetência de meu coração?, ele se perguntou, perturbado pelo pensamento de que a arte talvez fosse a parte sem carne do amor — a parte sem fantasmas e sem desgraça. Uma ideia insidiosa, desagradável, abria um caminho dentro dele. Essa ausência de carne não significava a secura de sua alma? Acaso ele teria conseguido fugir da conivência com os seus, com o sofrimento e com o destino deles? Então o véu que turvava sua percepção desapareceu e ele viu a cena de outro jeito. As trevas tinham dado lugar a um halo em que gestos e olhares se fundiam no mesmo espaço caloroso. A sala cheirava a húmus, chuva, terra fria e, nesse perfume de vegetação rasteira, uma família jantava. Haru fez a seu irmão algumas perguntas sobre a cervejaria e Naoya, de início reticente, lhe respondeu com crescente boa vontade. O pai se intrometeu na conversa sem notas falsas e ficaram bebericando o saquê de depois do jantar, conversando à vontade. A certa altura, Haru contou que tinham transportado Keisuke caindo de bêbado num carrinho de mão de um canteiro de obras vizinho e todos caíram na risada. De novo, o mundo se cindira — lá fora, a imensidão protetora das montanhas e das árvores, ali dentro, a imensidão doce, triste, profunda e inacessível dos seus. Finalmente, *em outro lugar*, imóveis e secretas, as estrelas velavam.

Haru pegou o carro depois de se despedir dos pais e do irmão no pequeno pórtico da entrada. Pelo retrovisor adivinhou, mais que viu, sua mãe abanar a mão, e ergueu a sua. Vinte minutos o separavam do albergue, vinte minutos que, ele sentia, fariam seu destino de pai — vinte minutos, pensou, e toda a força do saquê e do chá. Andou até diante do pequeno santuário onde outrora assistira à peça de nô mas já não se assustou com as lembranças espectrais. A silhueta do pai o acompanhava, sua solidão e seu desespero conjurados pela presença de ancestrais bondosos.

Ele o reviu no tempo de sua infância na sala dos fundos da cervejaria, bebendo e conversando com os vizinhos comerciantes. Ao seu redor se desdobrava uma seda cujos fios Haru via serem tecidos e destecidos ao sabor dos anos. Mas sempre a trama tornava a se formar, e era o nascimento de seus fios, a afeição pelas pessoas daquela terra, a força da torrente, a alegria da montanha — sim, era tudo isso e bem mais, no mapa de um território onde se respeitavam os lugares e as criaturas. Haru deu meia-volta, retornou ao santuário, saiu do carro e, passando sob o pórtico laranja, subiu pela alameda até o altar. O ar tinha um cheiro de resina e casca de árvore, ele ficou imóvel, alerta e vigilante, farejando uma presença e, logo depois, vasculhando a escuridão, pensou avistar sua mãe andando com passinhos deferentes. Reviu-se quando ela lhe segurava a mão, lhe ensinava a acalmar os kamis do arroz e do saquê, ria se ele jogava a moeda para o lado. Ele voltou ao torii, passou por baixo, inclinou-se, retomou o caminho do altar. Lançou uma moeda no tronco e puxou o sino: a noite o acolhia. Bateu duas vezes nas mãos e esperou: o mundo vibrava. Em algum lugar ressoou a voz de Keisuke dizendo: Os homens, os homens, os homens. Claro, pensou Haru, há apenas os homens mas preciso ir ao santuário para poder ouvi-los e vê-los. Rememorou o pai à mesa, murmurando à parte. Minha filha nasceu no outono, a estação das boas coisas!, disse de repente.

Enquanto tornava a pegar a estrada do albergue e os pinheiros desfilavam, jogados como lanças para a mansuetude das nuvens, sentiu-se abraçado por ternura e solidão. Fosse qual fosse o segmento da infância que ele rememorava, estava banhado de doçura mas privado de intimidade — será por isso que fui embora?, perguntou-se. Então viu o novo passo de sua vida esboçar-se diante de si. Sua filha era a carne do amor dele pela arte, sua encarnação real e sua razão vital, a redenção de sua decepção e de sua traição iniciais. Com seu brilho outonal, ela lhe iluminava o coração hibernal e, se ele devesse acarinhá-la em silêncio, saberia suportá-la — até os pobres são ricos, disse em voz alta, e riu.

Ele alcançou Kakurezato, aonde prevenira que chegaria tarde, por volta da meia-noite. Receberam-no calorosamente, o fizeram sentar no meio da grande sala de recepção diante das brasas da lareira e lhe trouxeram uma toalha quente, saquê e um manjū de outono. A terra batida, as vigas altas de madeira, os panôs de papel diante das janelas, as caligrafias e as cerâmicas nas alcovas eram exatamente como ele os conhecera outrora. Por instantes falou com Tomoko, a filha dos proprietários do albergue, que tinha sido sua colega de escola. Ela lhe pediu notícias de seu trabalho e lhe deu notícias de seus conhecidos comuns. Atrás dela, acima de um ramo de galhos de bordo, estava pendurado um círculo fechado traçado a tinta preta. Haru preferia os ensōs abertos mas naquela noite aquele círculo fechado lhe agradou, ele ficou pensando no que diria a respeito para Rose e se sentou tão perturbado que parou de escutar a jovem. O futuro se iluminava. A cena povoada de fantasmas era substituída por uma conversa de vivos, ele não podia ver sua filha mas podia falar com ela e, como servidor do espírito, pensou: O espírito lhe levará minhas palavras.

Escrutou o ensō no seu quadrado de papel fosco e se deu conta de que Tomoko se calara.

— Desculpe, estou cansado — ele disse.

Ela lhe sorriu.

— Aqui, nada muda — ela disse. — Mas você deve ter uma vida apaixonante em Kyōto.

E como ele concordasse, distraído:

— Seu pai não vai bem, sabe.

Ele baixou a cabeça, constrangido.

— Ele é jovem — retomou Tomoko —, a tristeza vai durar muito tempo.

— Ele não parece infeliz — disse Haru.

— A tristeza é por vocês — ela disse docemente —, a tristeza é pelos que amam os ausentes.

Ele deu um gole de saquê.

— Eu sei — ele disse —, sei bem demais.

Ela riu, gentilmente.

— Uma mulher? — ela perguntou.

Ele riu também. Ela lhe sorriu, levantou-se.

— Mantivemos o banho aberto para você — ela disse —, é hora de repousar.

Ele agradeceu e pegou o caminho do quarto. Ali, vestiu o yukata do albergue antes de sair na penumbra dos corredores e chegar à fonte de água quente. Marrom, alto, o vigamento da velha construção corria à moda de uma teia de aranha por cima das passagens. Sob as vigas algo murmurava, e imergindo na água escaldante ele ouviu o rumor com mais intensidade ainda. Apesar da noite, o vasto aposento permanecia um lugar de luz, a madeira se acetinava com o luar, as águas se laqueavam com a claridade. A grande tina de hinoki, polida pelo uso, estava ao lado de uma vidraça sem caixilhos visíveis, esticada como uma tela sobre a paisagem das cascatas. No primeiro plano distinguiam-se os troncos dos ciprestes e, ao pé deles, os enkianthus cuja folhagem vermelha, no escuro, cobria-se de mercúrio. Haru sabia que tudo era bonito mas não sentia nada, absorto pelo rumor que se avolumava, que não era o da torrente nem o do albergue, que ele jamais escutara e que, no entanto, lhe era familiar. Boiou na água sem se mexer, deixou-se levar na corrente e nas pedras, nos astros e nas árvores, no Japão e nas montanhas adormecidas. Um longo momento se passou e depois uma nuvem ocultou a lua, houve uma pancada de chuva e as águas do banho, dos riachos e do céu se misturaram.

Ele entrou na noite. Entrou com gratidão, avançou para o invisível, inclinou-se como nunca se inclinara. Transparente nas margens de samambaias, no palco de um teatro de sombras iluminado pela lua, destacava-se a trama de sua vida. Ouviu a voz da sua mãe dizendo: Você faz abluções de corvo, e o grito dos corvos de Kyōto se misturou com as lembranças fragmentadas do passado. Revia-se com ela, no sentō, enquanto ela o ajudava a se lavar nas torneiras enfileiradas ao longo do muro oposto ao da bacia. Só os corvos fazem tudo depressa, ela insistia, e ele também se lembrou de que à noite ela lhe contava a lenda do lugarejo escondido no fundo do rio que dava seu nome ao albergue: ele só ressurgia para ser visto pelos homens na noite dos solstícios antes de encontrar bem de manhãzinha sua mortalha de redemoinhos e de rocha. Essa era a tela de minha vida, disse Haru, mas minhas horas de clarividências costumam ser em novembro e em maio. A noite avançava e, com ela, a lição de sua mãe, a sabedoria das longas abluções, o passo da lentidão. A noite dizia: Você é um filho da montanha, um nativo de Shinnyo-dō, um passageiro da estranheza, um peregrino solitário. A noite também dizia:

Honre. Uma chuva pesada transformou o maciço de pinheiros da margem numa nuvem vinda do fundo dos céus. Uma folha caiu diante do vidro e Haru pensou: O céu está murchando. A chuva parou e as estrelas reapareceram.

Então ele viu a raposa. Parecendo andar sobre as águas, ela atravessou a corrente. No meio do vau, parou, virou-se para ele e depois, retomando sua marcha, atingiu a margem e desapareceu sob a cobertura dos pinheiros. O rumor do início da noite se intensificou, Haru afundou no banho, deixou a água cobrir seu rosto, meditou por muito tempo, só voltou para o quarto de madrugada. Tinham preparado seu futon e, segundo a tradição do albergue, ali haviam deixado um poema. Haru sentou defronte da grande vidraça sem caixilhos, presa diretamente nas paredes, que dava para a torrente. Enfileirados como um só homem diante dos cumes, imperceptíveis mas palpáveis, estavam seu pai, sua mãe, seu irmão e todos dali, membros da fraternidade das montanhas. Será a vocação da raposa mostrá-los para mim?, ele se perguntou, e reviu Maud no banho da primeira noite. Com uma precisão fotográfica, a memória lhe devolveu seu rosto no momento em que ele terminava a história da dama e da raposa de Heian. O que eu lhe dizia?, ele pensou, estupefato com a tristeza que descobria nela e, ainda mais estupefato: Como perdi isso? À sua frente, a corrente embranquecia e tanto seu lugarejo escondido como a silhueta dos ciprestes, todos igualmente visíveis e invisíveis, carregavam uma mensagem inaudível. Deitou-se, leu o poema em voz alta.

outono na montanha —
tantas estrelas
tantos ancestrais longínquos

Um círculo se formou diante de seus olhos, que se abria e se fechava num movimento contínuo e fluido. Num outono perpétuo se seguiam e se precediam montanhas, estrelas e ancestrais desconhecidos. Ele rememorou os pais e o irmão à mesa na velha casa, envoltos num halo de ternura e temor. Reviu-se criança, nas alamedas da cervejaria, inebriado pelas leveduras, orgulhoso do vigor do pai, depois jovem indiferente com pressa de fugir daquele mundo de labuta e silêncio. Arranquei-me das montanhas, pensou, quis fugir da solidão e a levei comigo. Repassando o perfil dos seus pela luz da noite, pensou: Agora estou longe mas esse fio não deve ser quebrado. Então, prosseguindo a meditação iniciada na noite de Takayama, compreendeu enfim o rumor do local.

Foi à sala comum sem ter dormido e lá encontrou Akiyo, a mãe de Tomoko, que lhe serviu o chá e se sentou ao lado da mesa para conversar com ele. Usava um quimono de outono bordado de flores, como camélias e campânulas em forma de estrelinhas. Entre os pratos do café da manhã, havia arroz com matsutakes.

— Comi-os ontem no jantar de minha mãe mas a gente não se farta — ele disse.

— Naoya nos vendeu ontem — ela disse rindo —, é o melhor colhedor do cantão.

Falaram de tudo e de nada e depois ele lhe agradeceu o poema.

— É de uma poeta contemporânea — ela disse. — Ainda está viva, creio.

Vendo sua surpresa, acrescentou:

— Pode-se ser moderno e profundo.

— É minha profissão — ele disse.

Ela sorriu, serviu-lhe mais chá.

— Vi uma raposa que passava a vau pouco antes do amanhecer — ele acrescentou.

— A vau? — ela repetiu. — Não há vau nesta época do ano.

Na estação, ele entregou o carro a um empregado cuja família conhecia desde a infância e que lhe deu um tapinha afável no ombro. Como eu pude esquecer os meus?, ele se perguntou. Na plataforma, começou a nevar suavemente e, provando um floco em que lhe pareceu concentrado o sabor de Takayama, ficou ainda mais arrependido por deixar suas montanhas. No trem, dormiu um sono intermitente no qual lhe voltavam o tempo todo as palavras que pronunciara no banho no momento da tristeza de Maud. Em Kyōto, pegou um táxi para ir para casa e lá encontrou Sayoko, sentada diante de um livro contábil, olhando-o sem dizer uma palavra. Mas, pela maneira como baixou os óculos sobre o nariz, ele soube que devia lhe falar.

— Nevava em Takayama — disse.

Ela o observou, com o olhar severo.

— Comemos matsutakes — continuou ele.

Ela não piscava, ele se resignou:

— Meu pai não vai bem.

Ela piscou os olhos.

— A cabeça? — disse.

Ele concordou, acostumado com suas incríveis intuições. Ela fez um gesto de compaixão, com a mão pousada na clavícula esquerda.

— Mas Rose vai bem? — perguntou.

Surpreso, ele aquiesceu de novo embora não tivessem evocado Rose desde o ano de seu nascimento. Ela seguiu a passinhos satisfeitos para a cozinha, voltou com chá, sentou-se em frente a ele e continuou suas contas. Finalmente, enquanto ele se preparava para sair, ela lhe disse que Keisuke estava na casa de Tomoo.

A *única coisa que eles se disseram foi o nome de seus mortos* eram as palavras que, na primeira noite, tinham dado tristeza aos olhos de Maud. Ora, ele conhecia essas palavras por um irmão, e seus irmãos, justamente, esperavam na pista revelada pelas estrelas. Em Takayama, ele bebera com seus ancestrais, em Kyōto, beberia com Keisuke e, como de propósito, Sayoko lhe indicava o caminho: ele foi à casa de Tomoo. Foi a pé, cruzando o Kamo-gawa, cortando pelo campus da universidade, chegando ao santuário de Yoshida e escalando a colina arborizada de mesmo nome. A temperatura estava amena e, no ar, havia um pressentimento de neve. No alto do morro, saindo de sob as árvores, cruzou com um corvo e um sacerdote conhecido seu, que mantinham uma conversa. O corvo, silhueta preta contra fundo laranja, estava trepado num torii, o sacerdote, vestido de preto, se recortava contra a brancura imaculada de uma parede. Um pouco mais acima, havia o pequeno santuário irmão de Takenaka, um punhado de construções e altares de madeira, lanternas de granito, túmulos e raposas de pedra afogadas pela vegetação. Dali se descia da colina por uma trilha tendo ao alto uns vinte toriis entrelaçados por grandes cerejeiras, dali também se tinha a mais linda vista da colina vizinha de Shinnyo-dō e das montanhas do Leste. O gongo do Hōnen-in tocou ao longe e o tempo transfigurado tornou-se presença. O lugar se fez sopro e paz, suspiros percorreram as matas, os gritos dos pássaros converteram-se em cochichos. O sacerdote, notoriamente louco, falava com os corvos de carne e com as raposas de pedra numa língua conhecida só deles que ele proferia, no entanto, diante de seus administrados. Mas era popular e ninguém, nunca jamais, sonhara em separar-se dele. Haru passou na sua frente e o cumprimentou, o outro, entretido no seu diálogo, se inclinou lhe sorrindo e depois, quando Haru se afastava, chamou-o.

— Que barulho é esse que você carrega atrás de si?
— Qual barulho? — perguntou Haru.

O corvo grasnou.

— Não sei — respondeu o sacerdote —, mas o ouvimos.

Conversaram sobre várias coisas mas logo Haru teve a sensação de ouvir palavras e sons do mundo como se eles se produzissem *em outro lugar*. Estava sozinho num território desconhecido varrido por um rumor límpido e, logo ao lado, se desenrolava o curso das coisas reais. Ele perdeu o fio da conversa do velho sacerdote, ergueu o nariz para o céu que escurecia — céu de neve, mas não estou sozinho, pensou. Então, riu e, cortando a palavra do homem de fé, disse-lhe:

— O barulho, sabe? São meus ancestrais.

— Ah! — disse o outro. — Eu bem que sabia!

E virando-se para o corvo:

— São os ancestrais dele.

Depois disso ele traduziu amavelmente a conversa para a língua dos corvos. Haru olhou a entrada de Takenaka emoldurada por duas raposas esculpidas na pedra branca e, impressionado por estar nas portas de um santuário dedicado à deusa que toma a aparência das raposas, disse ao sacerdote:

— Vi uma raposa que andava sobre a água, em Takayama.

— Em Takayama? — perguntou o sacerdote.

— Mais exatamente em Kakurezato — disse Haru.

— Kakurezato? — ele resmungou. — Não entendo nada dessas lendas de aldeia escondida.

— A raposa não estava escondida — observou Haru.

— Claro — respondeu o sacerdote —, o invisível nunca está escondido.

Haru se despediu, tornou a descer a colina de Yoshida e enfrentou a de Shinnyo-dō. Quando chegou diante do templo, começaram a nevar uns floquinhos plácidos. As lanternas de pedra brilhavam no dia declinante, mais para lá dos telhados as montanhas velavam, e ele recitou interiormente os versos da poeta viva. Pensou em sua filha e a viu banhada pelas cores da hora. Ao laranja de Inari, ao pelame da raposa, correspondia o ruivo de sua cabeleira. Acima dela, no céu negro, se debruçavam os mortos de Heian, os ancestrais da montanha, as estrelas brancas na noite de outono. Quando ele contornava o templo e andava sob uma abóbada de bordos flamejantes, lembrou-se mais uma vez do rosto de Maud no banho da primeira noite. Meus ancestrais estão vivos mas os dela estão mortos, pensou, eu não sabia que os defuntos também podiam estar vivos ou mortos. Deu uns passos e parou no alto da escadaria que ia à casa do amigo, de onde escapavam notas de piano e vozes alegres. Escutou o latido de Sakura, a cadelinha de Tomoo, e houve alguns compassos de jazz seguidos de uma gargalhada.

    Compreendeu que esse minuto solitário à entrada de uma casa afetuosa prefigurava o que seria doravante sua vida. A partir daquela noite, ele se manteria entre dois mundos, entre os mortos e os vivos, a noite e a claridade das moradas, o passado e o futuro, e falaria disso com sua filha. Pensou que os mortos tinham o poder de dar a alegria ou o desespero e que ele devia fazer com que Rose ouvisse a voz de seus ancestrais montanheses — e depois outro pensamento se sobrepôs a esse e, espantado, emocionado, ele disse consigo: É graças a ela que ouço essa voz. No mesmo instante, lá dentro, Keisuke gritou: Saquê! E Haru desceu os degraus provando suas derradeiras baforadas de solidão agridoce. A noite nascia, escoltada por suas potências invisíveis, o dia morria, sepultando suas dores ocultas — ele apertou a filha em seus pensamentos como o teria feito em seus braços e foi se juntar à comunidade de seus irmãos.

Os ditos irmãos, é bom que se diga, não estavam muito apresentáveis. Pelo que Haru via da cena, tinham bebido, tinham cantado, tinham pedido ainda mais saquê, e quando tudo isso terminou, recomeçaram. Agora, comiam um pouco tomando o cuidado de não esquecerem de beber. Ao piano, um jovem músico tocava "Bemsha Swing". Acima do teclado estavam as fotos de três ídolos de Tomoo: Kazuo Ōno, Thelonious Monk e Federico Fellini. Ao lado estava prostrado o belo Isao, o único amor de Tomoo. Em volta, um punhado de fiéis dos dois sexos beliscavam e bebiam, enquanto conversavam.

Receberam Haru com clamores de júbilo e lhe serviram bebida. Keisuke lhe deu uma olhadela marota, Sakura foi lamber as mãos dele e a reunião retomou alegremente seu ritmo. Primeiro, houve jazz, depois, Tomoo e Isao, em plena forma, fizeram um número paródico de nô. Ficaram exaustos de tantos gritos guturais e gestos atrevidos, riram muito, falaram mais ainda e, quando caiu a noite, uma jovem cantora interpretou velhas músicas de Amami. Pela janela viam-se flocos preguiçosos flutuarem sob o lampadário que era aceso às cinco horas e todos olhavam e escutavam, encostados nas paredes. Mais adiante, a luz cinzelava os galhos de uma cerejeira chorona, a moça cantava *em busca de novas terras* e os rostos se tornavam graves. Apesar de nossas errâncias, levamos a sério as coisas sérias, pensou Haru, e sentiu-se aliviado de um peso cuja natureza não compreendeu. *Por uma centena de carpinteiros*, prosseguia a canção e ele sentiu ao redor a casa de madeira que parecia um grande veleiro. Finalmente, aplaudiram a cantora, Haru foi se sentar ao lado de Keisuke e lhe contou sua estada em Takayama. Falou do pai, dos matsutakes, de Jirō, de Kakurezato e da raposa que cruzava a torrente por um vau fantasma. No fim, relatou em pormenores seu diálogo com o sacerdote de Yoshida, e Keisuke, que escutara em silêncio — mas bebendo —, caiu na gargalhada com a frase final:

— Às vezes, os sacerdotes dizem coisas sensatas!

— Essa frase não para de rodar na minha cabeça — disse Haru. — O que é que não está escondido e que eu deveria ver?

— Não é o que sugeria esse bravo homem — disse Keisuke. Depois de olhá-lo pensativamente, acrescentou:

— Você não está me dizendo tudo.

Nesse instante, um rapaz se levantou e saiu da sala debaixo dos gritos de entusiasmo de todos.

— Eu escuto as estrelas — disse Haru —, talvez a raposa fosse a mensageira delas.

Keisuke caiu na gargalhada, de novo.

— Que barafunda é essa? — ele perguntou. — Você não é capaz de ouvir a sua própria voz, portanto, escutar as estrelas, eu adoraria ver isso, e sem falar dessas idiotices de Inari.

Haru sorriu.

— Os homens, os homens, os homens — ele disse.

— Exatamente — disse Keisuke. — Só mesmo os homens para se ocuparem dos homens, as raposas e as deusas não estão nem ligando, acredite.

O jovem artista voltara exibindo uma longa peruca vermelha que lhe descia até os calcanhares pelas costas e até os quadris na frente. Ele se imobilizara no meio da sala e todo mundo o aclamava (e pedia saquê). O leão! O leão!, gritava Isao. Tomoo foi procurar um pequeno biombo enfeitado de peônias vermelhas, colocou-o ao lado do ator e a dança começou. Haru, que não era fã do kabuki, riu de bom grado com as batidas de pé e os rebolados do leão excitado pelas peônias que volteavam diante de seu focinho, uma das raras peças do gênero que o divertia. Aumentando o aspecto cômico, Sakura rodava latindo e rosnando em torno do bailarino e, no final, Keisuke cochichou a Haru: Se ele parar de brigar nos bares, se tornará um imenso ator. Em seguida, a noite se passou com mais saquê e mais risos. Keisuke e Haru conversavam, lá fora a neve caía, escondia as estrelas, cobria a cidade. Fazia algum tempo que Haru tinha, como em Takayama, a impressão de que um crepe leve se pusera diante de seus olhos — o rumor desapareceu mas o véu voltou, ele pensou com perplexidade e calou-se, deixando os outros tagarelando a seu lado. O jovem pianista, completamente bêbado, desfiava as notas de "My One and Only Love", Isao servia aos convidados arroz com alevins secos, entregou uma tigela a Tomoo e lhe abriu um sorriso indefinível, carregado de uma intimidade impalpável e secreta. Haru olhou para os dois homens. Até ali, a juventude e a beleza de Isao compunham a imagem que tinha dele mas, naquela noite, via-o simplesmente *ali*, encarnado e presente na valsa das ternuras e das confidências invisíveis — tudo é invisível e tudo está diante de nós, ele pensou, nada está escondido para quem quer tentar ver. O perfil puro de Isao, seus gestos lentos, seus olhos cinzentos não traduziam a beleza mas o amor, um amor sem norma, sem família, misterioso e inteiro. Keisuke fez a Haru uma pergunta que ele não ouviu. Ele fechou os olhos, pensou na filha, compreendeu que o véu era aquele de suas indiferenças e de seus abandonos. Então o rumor dos ancestrais reapareceu e, com ele, a imagem nítida do rosto de Rose, e ele se deu conta de que Keisuke lhe falava e voltou ao alarido da sala enquanto o poeta lhe repetia: Você não está me dizendo tudo.

Haru não respondeu. Meditava. Ao redor, eram a neve, o céu negro, as estrelas. Aqui, ele estava em casa. Escolhera aqueles homens e aquelas mulheres, aqueles artistas e aqueles marchands, esses alegres servidores do espírito. Olhou para cada um e cada uma, imaginou apresentá-los a Rose, inventou anos felizes em que se conheceriam. Riu quando Keisuke, que se levantara a muito custo, prendeu os pés na peruca do leão e se estatelou em cima do biombo das peônias. Houve exclamações e aplausos que logo abafaram os roncos do ceramista. Haru ergueu seu copo na direção de Tomoo e Tomoo lhe sorriu. Uma abrupta ventania fez turbilhonar os flocos de neve e, abraçado por uma sensação de vazio e calor misturados, ele sorriu de volta para Tomoo, sorriu para seu pai, sua mãe, para Naoya, para a raposa da torrente, para seus ancestrais, para as estrelas e os manes de Shinnyo-dō, para os espíritos do Japão e para seus irmãos carpinteiros. Finalmente, contemplando os amigos reunidos, sorriu para sua filha distante que ligava entre elas as almas desunidas.

As casas de Tomoo e de Haru onde, quebrando os costumes japoneses, recebia-se o tempo todo, eram igualmente singulares porque acolhiam tanto mulheres como homens. Eles não davam festas propriamente masculinas e as mulheres participavam das conversas e dos encontros. Eram, na maioria, artistas japonesas mas ali também se encontravam às vezes artistas ou personalidades estrangeiras. As assessoras de imprensa chamavam Tomoo para lhe dizer: a sra. Fulana dos Estados Unidos ou da Alemanha vem dar um concerto ou uma conferência em Kyōto, e Tomoo organizava uma festa para a sra. Fulana dos Estados Unidos ou da Alemanha. Quando uma sra. Fulana voltava, como frequentadora assídua, não era raro que ele a hospedasse, ela morria de frio e achava o futon espartano mas tudo o que desejava era ficar ali. De manhãzinha, Isao lhe servia café forte e a levava ao mais alto degrau de Kurodani para ver o amanhecer sobre a cidade. A seus pés murmurava a cidade dos templos, no horizonte se desenhava a crista das montanhas, em volta vibravam os túmulos de uma civilização desconhecida. A sra. Fulana caía mentalmente de joelhos, pegava o braço de Isao, tiritando, e voltava para o veleiro, levada por uma indizível alegria.

Naquela noite apresentou-se em Shinnyo-dō uma pianista francesa chamada Emmanuelle Revers. Era a terceira vez que ia à casa de Tomoo mas, por uma razão ou outra, a primeira que Haru a encontrava. Ele a viu entrar na sala, achou-a bonita e sentiu que ela fazia parte do quebra-cabeça de sua vida. Deu-lhe uns quarenta anos, incerto, como sempre, sobre a idade das ocidentais. Morena, pele escura, corpo esguio, parecia uma paisagem que mudava com a luz projetando as sombras aqui e ali. Isao lhe perguntou se estava cansada da viagem, se queria se retirar para seu quarto — ela não queria, feliz de ter companhia: Eu me sinto um pouco isolada desde que cheguei aqui, disse. Tomoo a levou para perto de Haru, o único que, além dele, falava correntemente inglês. Emmanuelle tinha um riso brusco, movimentos suaves, uma conversa agradável e viva, o que aliás ela também era. A certa altura, brincaram sobre o frio dentro de casa e as auroras glaciais de Isao e ela disse:

— Mas nunca tive tanto a sensação de estar no coração de minha vida.

Ela refletiu e corrigiu:

— No coração *da* vida.

Mais tarde, apontou a foto de Kazuo Ōno, o mestre do butô, sobre o piano.

— Eu o vi atuar em Tóquio — ela disse. — Não entendi nada mas, depois, chorei por muito tempo. Estava sozinha no quarto de hotel e soluçava na cama sem conseguir parar.

Tomoo lhe sorriu.

— O butô sonda nossas escuridões — ele disse.

Ela meditou um instante sobre suas palavras.

— Estou vendo — disse.

Ela se levantou, foi ao piano, escolheu uma partitura e tocou. Haru foi se sentar ao lado dela, admirou seu belo perfil sem desejá--la, feliz só com sua presença, e começou a sentir alguma coisa que dava corpo ao que ele percebera no início e que a conversa, em seguida, escondera: nela se abrigava uma tristeza que naquele instante sua interpretação revelava. Conversaram intermitentemente entre uma peça e outra, muito tempo depois ele deu uma olhada no relógio e viu que eram três horas. No meio da sala, estendido sobre o biombo, Keisuke resmungou e Emmanuelle riu.

— Da última vez ele estava mais falante — ela disse.

— Keisuke é um grande contador — disse Haru —, acho que conta histórias até em seus sonhos.

— Quer dar uma andadinha na neve antes de ir embora? — ela perguntou de repente.

Ela o olhava com doçura.

— Com prazer — ele disse —, mas você não está cansada?

— Estou cansada — respondeu —, mas não pus o nariz na rua desde que cheguei ao Japão.

Agasalharam-se e saíram. Já não nevava. Subiram a escada, passaram sob os bordos, contornaram os fundos do templo e se viram sozinhos no pátio silencioso. O céu ia desanuviando, sob as estrelas reencontradas o tempo úmido e ameno esfriava, uma camada de neve cobria as alamedas. O alto do grande pagode se perfilava na escuridão em seus blocos de telhados embranquecidos, as lanternas de pedra piscavam, os ramos das árvores desenhavam na noite traços de tinta e de giz. Enquanto conversavam, Haru detectou estranhos estalos — estalos de banquisa, ele pensou e, desconcertado com a imagem, propôs a Emmanuelle irem até Kurodani.

— Eu desrespeito a polidez com Isao mas essa primeira neve nos convida — ele disse.

Serpentearam pelo caminho no meio dos cemitérios e chegaram ao alto da grande escada. Lá embaixo, a cidade adormecida sussurrava. Na vertente da colina alinhavam-se os túmulos e as árvores com corvos cobertos de neve fresca. No horizonte, apagadas pela escuridão, as montanhas do Oeste velavam. Eles estavam sozinhos no teto do mundo. Ela apontou os longos caules de madeira que oscilavam na noite.

— Isao me ensinou que os sotobas trazem a menção do nome do defunto no além mas acho cruel a ideia de que os mortos sejam privados do nome com que foram conhecidos por quem gostava deles.

Ela apontou com a mão as alamedas nevadas.

— Apesar disso — acrescentou —, devo dizer que os seus cemitérios não me crucificam, como os nossos.

— Eles são tão diferentes? — Haru perguntou.

— Muito diferentes. No Ocidente, os cemitérios são lugares de morte. Aqui, tenho sempre uma sensação de vida, se isso pode ter algum sentido.

Ele pensou no que, em Takayama, imaginara sobre os ancestrais de Maud e os seus.

— Um dia, contei uma história a uma francesa que eu acabava de encontrar. Assim como todas as outras, quem tinha me contado a história fora Keisuke.

Calou-se, espantado com a confidência.

— O que aconteceu? — perguntou Emmanuelle.

— Sei lá — ele disse. — Alguma coisa mas não sei o quê.

Ela olhou para ele.

— Conte-me — disse.

Ele titubeou.

— Ande — ela insistiu —, isso parece importante, e gosto de histórias.

Atrás dele, Shinnyo-dō murmurava, e a seus pés, no fim dos degraus, estava o lugar onde ele soubera da existência da filha.

— A história se passa na corte imperial — começou.

— Não — ela interrompeu —, conte-me como você lhe contou, com as mesmas palavras.

A imagem de Maud no banho, nua, branca, muda, enquanto ele a desejava, o invadiu.

— Em meados do período Heian, houve auroras de imensa beleza — ele recomeçou. — No fundo dos céus murchavam braçadas de flores púrpuras. Às vezes, grandes pássaros se fixavam nesses reflexos de incêndio. Na corte imperial, uma senhora vivia reclusa em seus aposentos, sua nobreza selava-lhe o destino de cativa e até o jardinzinho ao lado do quarto dela lhe era proibido. Entretanto, para contemplar as auroras ela se ajoelhava na madeira da galeria externa e, desde o Ano-Novo, toda manhã uma raposinha aparecia no jardim. Logo uma chuva torrencial se instalou até a primavera e a senhora pediu à nova amiga que fosse encontrá-la já abrigada, no alto do cercado onde só havia um bordo e algumas camélias de inverno. Ali, aprenderam a se conhecer em silêncio.

Olhou para a francesa que olhava para as montanhas distantes. Alguma coisa pairava, alguma coisa fremia. Será em mim? Nela? Ao nosso redor? — ele indagou a si mesmo. Ela se virou para ele.

— Em seguida, depois de terem inventado uma linguagem comum, a única coisa que se disseram foi o nome de seus mortos — ele terminou, e ao mesmo tempo que Emmanuelle dizia com ele *o nome de seus mortos*, a neve começou a cair.

Assim, em novembro de 1980, um homem japonês e uma mulher francesa, postados no teto do mundo, olhavam a neve cair. Acreditavam estar às portas de uma longa amizade, não sabiam que nunca mais tornariam a se ver, que aquela noite seria para sempre a única noite deles. O céu se esmigalhava em pedacinhos brancos levados por uma brisa invisível, a cidade empalideceu e depois desapareceu, deixando-os unicamente na companhia dos mortos.

— Você conhecia essa história? — perguntou Haru.
— Não — ela respondeu.
Ela apanhou alguns flocos com o dorso da mão.
— Mas a adivinhei.
— Estou curioso de saber como — ele disse.
— As histórias nos falam sem que saibamos como. E temos um ponto em comum, seu amigo Keisuke e eu. Perdemos um filho.

Ela lhe sorriu como se fosse a ele que quisesse consolar e, de repente, a ideia de que sua filha desaparecesse, e com ela a nova ponte construída entre ele e os seus — entre o passado e o futuro, entre seus ancestrais e seu destino — o gelou.

— Vejo o seu pavor — disse Emmanuelle. — Na verdade, é o único fardo do qual me sinto aliviada, o da inquietação. Quanto ao resto, o peso é o mesmo, é estranho, não é? Sofremos menos com o tempo mas nem por isso as coisas melhoram.

Sorriu de novo, triste, consoladora.

— Eu bem que desceria esta escada — ela disse —, tenho a intuição de que ela nos levará a algum lugar.

Ele também sorriu e a acompanhou. Sob seus pés, a neve se amassava e fremia, a nevasca se atenuava, as trevas cresciam. Chegaram ao fim da escada, diante da alameda onde Haru fizera outrora votos de ter sua sepultura, e Emmanuelle seguiu por ali, com o ar sonhador. Alguns passos depois, parou diante de um local vazio, se inclinou e tocou na neve com a palma da mão.

— A última vez que vi meu garotinho vivo, ele dormia — disse, endireitando-se. — Fazia muito tempo que ele estava doente e eu só tinha sossego quando ele conseguia dormir. Ali, se parecia com todos os outros garotinhos e eu me autorizava a sonhar que estava tudo bem. Sou grata ao destino que o fez dormir tranquilamente quando o despertar era sempre um pesadelo.

Fez sinal de que queria continuar a andar e subiram a alameda antes de pegarem à direita para a esplanada do templo de Kurodani. As estrelas estavam de volta e Haru achou-as inabitualmente brilhantes.

— Quem era essa mulher francesa? — ela interrogou.

Ele não soube o que responder. Em volta, a presença tutelar das construções e dos cemitérios, a força dos túmulos e da neve traziam uma indecifrável mensagem.

— O que Tomoo disse há pouco sobre o butô vale também para o amor — disse Emmanuelle. — A arte e o desejo sondam nossas escuridões.

— Keisuke diz que eu não entendo nada das mulheres mas talvez seja eu mesmo que não me entendo.

— Nós todos temos uma parte de sombra que cria ângulos mortos onde nos escondemos de nós mesmos.

Recomeçaram a andar para a entrada de Shinnyo-dō passando entre os templos e os jardins anexos do complexo. Haru conhecia cada alameda, cada bambu e cada bordo que a lua e a neve cobriam de prata intensa. Chegaram ao grande pórtico vermelho que levava ao templo principal, havia no ar uma espécie de densidade e, ao mesmo tempo, de deliciosa leveza.

— Dou essa volta toda semana — ele disse.

— Você tem sorte, há gente nesta colina e não falo apenas dos mortos.

— Como sabe que se trata de boa companhia? — ele perguntou rindo.

— Há muito tempo não me sinto tão bem — ela respondeu.

Ela pegou em seu braço com amizade, ele a levou até o grande pátio, feliz com sua afeição.

— O passeio da última vez com Isao tinha esse perfume de profundidade e alegria — ela disse quando chegaram diante do grande pagode.

— Portanto, pode haver alegria apesar da ausência? — ele perguntou.

— A dor está em toda parte, não posso escapar. Mas às vezes, em certos lugares, em certas presenças, eu me torno outra mulher que pode novamente respirar. Depois, infelizmente, volto a mim mesma.

Contornaram o templo e encontraram a escada que levava ao veleiro de Tomoo. Quando Haru ia se despedir, Emmanuelle o reteve.

— Essa francesa — perguntou — lhe pareceu triste quando você lhe falava da senhora da raposa?

Ele ficou surpreso, balançou a cabeça, Emmanuelle balançou a sua também.

— Ela pertence a uma comunidade da qual você deve se proteger, talvez seja melhor que os seus destinos estejam separados.

Ela lhe apertou o braço, sorriu para ele.

— Adeus, caro amigo — disse —, espero revê-lo breve.

Ele voltou a pé pelo caminho da ida. Em Takenaka, jogou uma moeda no altar, tocou o sino, inclinou-se, bateu palmas, riu de si mesmo. Por pouco não derrapou várias vezes nos degraus da escada de Yoshida que a neve e as grandes árvores tornavam escorregadios e escuros. Saindo do enclave florestal em plena cidade, atravessou de novo o campus silencioso, chegou à ponte do Kamo-gawa, parou um instante. Nas margens de capim, prateadas pela lua, perambulavam grandes garças-reais cinzentas. Ele reviu o gesto que Emmanuelle fizera para tocar na neve do cemitério, e aquele, antes, com que apanhara os flocos — a palma e o dorso da mão, ele pensou, mas ela não só tocou a neve, ela tocou a terra, ela tocou a matéria. Ele se perguntou como se chamaria o filhinho dela, prometeu-se abruptamente, da próxima vez, lhe falar de Rose e a ideia de partilhar seu segredo o aliviou de um peso ignorado. Olhou para as estrelas e de novo se maravilhou de que elas fossem tão brilhantes. São elas também meus juízes?, pensou ao rememorar a noite de Takayama.

Voltou para casa, foi à cozinha, preparou um café forte, o bebeu defronte do bordo, ao luar. Era a privação de sono, as duas noites de transe em companhia de seus ancestrais e depois de seus irmãos, a conversa com Emmanuelle Revers? No jogo da luz e das sombras, das trevas e da neve, desenhava-se uma verdade perturbadora em que cada coisa trazia consigo seu contrário, cada desejo sua exata negação. Sua vida que, até ali, lhe parecera límpida, se revelava em sua ambiguidade profunda, o dorso e a palma atados e desatados numa roda de atrações e repulsões sucessivas. À imagem do círculo perpétuo dos ensõs fechados, ela girava em torno de um eixo invisível e fazia alternarem-se os sofrimentos e as alegrias. Ouviu a porta do vestíbulo deslizar e Sayoko entrou, trajando um impermeável e um vestido de lã bege, cabelos soltos, sustentados por um bandó preto. Ela o olhou de cima a baixo, com severidade, o cenho franzido, e ele compreendeu que ela desaprovava que a visse assim e que tivesse se servido, sozinho, do café. O alvorecer se iniciava, a neve recomeçara a cair, o bordo fremia. Sayoko voltou, com os cabelos presos, trazendo uma bandeja com chá, arroz e peixe grelhado. Ele agradeceu e ela se afastou, a passinhos miúdos.

Quando ela foi trabalhar na casa de Haru pouco menos de dois anos antes, Sayoko Nishiwaki tinha vinte e três anos, um filho de três, um marido de vinte e nove e um cortejo de companheiros invisíveis. Morava perto de Shinnyo-dō onde sua mãe, viúva, lhe deixara uma casinha em frente ao Hōnen-in. Como em toda parte, ali se morria de frio no inverno, se gozava de primaveras e outonos clementes mas fugazes e se sufocava de calor no verão. Para aumentar os inconvenientes, a proximidade das montanhas arborizadas trazia seu quinhão de insetos bonachões — mosquitos, baratas, aranhas e lacraias venenosas que provocavam, quando picavam, três bons dias de febre. Entrava-se por um pórtico de madeira e um pátio minúsculo invadido de samambaias e bambus celestes. Dentro, todos se protegiam da luz — e de sabe-se lá mais o quê — com muitos estores que se replicavam no exterior das janelas. Às quatro da tarde, ouvia-se o gongo do templo, erguia-se o nariz e olhava-se a vida esvoejar. Em todo o bairro, havia lojas minúsculas que vendiam tofu, café fresco, motis, e missô feito em casa. A vida era insignificante e intensa, regulada por um metrônomo, atravessada por raios de loucura. Gozava-se da proteção desse pequeno perímetro de colinas incrustado naquele, mais vasto, do distrito, todos conheciam todos, todos vigiavam todos — o que os estores escondiam, a coesão orgânica do bairro via.

Ali, junto à mãe, Sayoko fazia sua educação. Todos os dias da semana, Masako trabalhava num albergue tradicional ao pé da colina de Yoshida, uma instituição de luxo mantida por uma velha família um pouco desafortunada. Lá se recebiam hóspedes de prestígio, grandes dirigentes japoneses e alguns estrangeiros vindos a negócios para Kyōto, Masako ajudava na cozinha, instruía-se em matéria de registros e de contas. O lugar misturava um autêntico estilo japonês e influências ocidentais características da era Meiji, com uma decoração marcada pelo art nouveau e pelo gosto dos ambientes britânicos. Ao redor, havia jardins magníficos com azaleias, bordos e pinheiros talhados por jardineiros de alto padrão. Depois da escola, Sayoko ia encontrar a mãe e aprendia com ela tudo o que importa na manutenção de uma casa de prestígio. Aprendia a ajustar e usar um quimono, a se ajoelhar, a cumprimentar, a cozinhar, a manter as contas. Aprendia o nível social dos hóspedes, os costumes dos estrangeiros e os caprichos dos humanos. Em Yoshida Honkan, Sayoko aprendia a servir.

Do cruzamento desse mundo de trabalho e de tradição com sua própria constituição, ela herdara uma natureza a um só tempo pragmática e fantasiosa. Quanto à segunda parte, adorava ir aos lugares propícios a ouvir o que os espíritos murmuravam. Em frente à casa de sua mãe, ela ia ao templo budista do Hōnen-in, perto do ryokan àquele de Yoshida, o mais antigo santuário xintoísta da cidade. Ali, passava longos momentos diante do altar de

Takenaka e construía uma teoria híbrida das divindades e dos kamis, formada pelas afirmações dos monges e dos sacerdotes e por suas próprias suposições de criança — ao se tornar mulher, não as infringiu e, inversamente, ainda conferiu mais paixão àquilo. Isso resultava em conversas em que dominava seu senso de organização, e depois, de repente, o fio de seus pensamentos derrapava. Na verdade, ela defendia uma concepção dos espíritos das duas religiões que pertencia só a ela e que explicava em parte esses estranhos escorregões: o kami — ou não se sabe quem mais — lhe soprava palavras inaudíveis ao seu interlocutor. Afora isso, ela era magra, suave, dócil, obstinada, raramente sorria, controlava tudo, cuidava de tudo com fervor. A existência era um percurso durante o qual necessitava-se fazer o trabalho seriamente; ela não entendia nada do gosto pelo prazer e tinha uma forma de ingenuidade que — tal como Keisuke declararia um dia — confinava com o sublime.

Depois do liceu, encorajada por Hirai-san, a proprietária do ryokan, foi estudar história da arte em Nara. Sua mãe morrera brutalmente no verão e ela dispunha de um pequeno pecúlio que podia dedicar aos estudos. Suas três irmãs de um primeiro casamento, mais velhas, viviam na região de Tóquio. Ela alugou a casa de Kyōto e, em Nara, ficou na de uma prima pelo lado do pai. No fim do dia, com o espírito sedento de obras e de conhecimentos, voltava, passando por trás do Grande Templo. Ora, aconteceu que uma noite, sem mais nem menos, ela sentiu medo. Diante dela se exibiam a imensidão da arte e as sombras das construções jogadas no chão como ameaças. A silhueta de trevas do templo a olhava de cima a baixo, maciça, desaprovando-a, e ela sentiu um terror disforme. Deu uns passos e os reflexos alongados das lanternas a assustaram. Ajoelhou-se na pedra da alameda e pensou: Como você ousa? Levantou-se, inclinou-se, fugiu, voltou no dia seguinte para Kyōto e, três meses depois, se casou.

À sua vida de infância, à sua vida de ryokan e depois à sua vida em Nara sucedeu-se a vida de esposa e de mãe: sem grande surpresa, só aguentou o desafio por três anos. No dia 10 de janeiro de 1979, ao amanhecer — o filho e o marido ainda dormiam —, saiu de casa, pegou o caminho da filosofia, passou sob as cerejeiras nevadas, continuou para o oeste ao longo das ruas desertas e chegou ao pé de Shinnyo-dō, onde fez uma pausa. Ouvia estalos e barulhos minúsculos, o céu estava branco, os corvos volteavam acima dos telhados cinza. Ela retomou o caminho de seu destino, escalou a colina, atravessou o muro do tempo e desceu para o ryokan. Ali, entrou pela porta de serviço, subiu por um corredor e encontrou Hirai-san diante de sua mesa baixa, caligrafando um poema.

— Ah, é você, Sayoko? — disse afetuosamente a velha senhora. — A que devo o prazer desta visita matutina? Ao Ano-Novo?

— Queria trabalhar para a senhora — respondeu Sayoko depois de cumprimentá-la respeitosamente.

Inclinando-se profundamente, acrescentou:

— Como minha mãe.

Hirai-san pousou delicadamente o pincel, suspirou.

— Masako nos faz muita falta — ela disse —, realmente muita.

Fez um sinal para Sayoko sentar-se.

— Mas você não é feita para este trabalho — continuou.

Sayoko se preparava para protestar, ergueu a mão.

— Você sempre tem pressentimentos espantosos e não veio aqui por acaso. Hasegawa-san veio como vizinho me ver ontem à noite.

Ela se levantou, foi buscar um papel que estava sobre sua escrivaninha.

— Ligue para este número, um de seus amigos, um senhor de confiança, procura uma governanta.

Ela se endireitou e retomou o pincel mas, quando Sayoko partia, chamou-a e lhe disse:

— Será o seu primeiro reino.

No dia seguinte, Sayoko telefonou, entregou o filho a uma vizinha e foi visitar seu primeiro reino. Ao retornar, encontrou no pequeno pátio o marido, que tinha voltado do trabalho.

— Eu estava preocupado — ele disse.

— Ele me contratou imediatamente — ela disse. — É um senhor respeitável.

— Contratou? — ele repetiu.

— A casa dá para o Kamo-gawa — ela continuou —, na verdade, uma casa muito bonita.

Ele estava acostumado com suas mudanças de assunto durante a conversa e, adaptando-se à nova situação, perguntou:

— O que você vai fazer exatamente?

— Tudo — ela respondeu, e assim começou sua nova vida.

Toda manhã, ia encontrar a luz de seu segundo lar que, na realidade, era seu lar verdadeiro, o lugar de todas as suas existências passadas e futuras, como o era Shinnyo-dō para Haru. Sabia que o deslumbramento inicial não diminuiria, que reviveria a cada amanhecer o mesmo encantamento do bosque e das folhagens, a mesma sensação de que tudo era exato, puro, justo — adequado. A casa à beira do rio incorporava os elementos que ela reverenciava na arte mas lhe oferecia um território à sua medida, onde Sayoko tinha seu lugar e podia reinar sem perigo. Convém acrescentar que Haru lhe agradara e que ela fizera o juramento de tomar conta dele até sua morte com uma devoção que, mais tarde, pareceria fanática para alguns. Finalmente, pouco tempo após sua entronização no reino produziu-se a última de suas epifanias. Nos primeiros dias, ela escrutara as obras e as paredes, ouvira a casa, interrogara a árvore e, perplexa, admitira que faltava alguma coisa. Zanzava pelos corredores e pelos aposentos com a sensação de uma presença oca. Procurava alguma coisa mas não sabia o quê. Então, duas semanas depois de ter entrado para o serviço, numa manhã de janeiro logo cedo encontrou Keisuke.

Ela lhe abriu a porta e ele desabou em seus braços, o bafo fétido, a camisa amarfanhada, um sapato faltando. Ela o empurrou e ele caiu, molengo, no chão do vestíbulo. Ela olhou para ele e, deslumbrada, perguntou a Haru que entrava em seguida:

— É um príncipe?

Haru olhou para Keisuke, hirsuto e descomposto, que ria bestamente.

— Um príncipe? — ele repetiu.

Mas ela não o escutava e, extática, se inclinava para o bêbado. Agora entendia: o que ela buscara por duas semanas vivia fora da casa e, no entanto, a encarnava.

— Vou preparar um café — ela disse sorrindo.

Seguiu-se um diálogo fantasista. Haru conseguira arrastar Keisuke até o salão e colocá-lo, com a bunda sobre uma almofada, de costas para a gaiola do bordo. Sayoko trouxera café e se mantinha na frente deles, ajoelhada, com as mãos cruzadas sobre a obi preta bordada de crisântemos amarelos. Depois de uma primeira xícara, Keisuke começou a balançar a cabeça.

— Ah, os grandes crisântemos — murmurou, com os olhos molhados.

— Ela gostava muito deles? — perguntou Sayoko.

— Muito — disse Keisuke.

Sayoko apurou o ouvido e pareceu escutar alguma coisa ou alguém.

— Ah — ela disse tristemente —, a sua filhinha também!

— Minha filhinha também — repetiu Keisuke.

— Ela gostava de flores como a mãe?

— Como a mãe — repetiu Keisuke.

Sayoko baixou o rosto, aflita.

— Como a mãe — repetiu por sua vez.

Serviu-lhe uma segunda xícara de café, que ele bebeu de um só gole.

— Quem é você? — ele perguntou tentando adaptar a visão, de olhos apertados, cenho franzido.

Aparentemente, não conseguiu saber, pois exclamou:

— Uma raposa! Uma raposa de quimono! Ah, os belos crisântemos!

Ele apontou para Haru.

— Esse aí — disse a Sayoko —, esse aí é um samurai e um esteta num corpo de marchand. Conhece o chá, conhece o espírito, conhece os negócios.

Sayoko concordou, doutamente.

— Mas não entende nada das mulheres — continuou Keisuke. — Olha para elas mas não as vê, apalpa a mercadoria e conta em unidades de carne. A única coisa que o salvará, no final, é que ele não gosta das linhas retas.

Ele riu, tentou sem sucesso ficar de pé.

— As pessoas das montanhas são muito bobas — ele declarou — mas, quando tudo soçobra ao redor, é um imbecil dessa espécie que você quer ao seu lado.

Depois, surpreso, exclamou:
— Ah, mas então como é mesmo, você não é uma raposa?
Sayoko balançou a cabeça.
— Penso que não — ela disse e, pulverizando as regras da propriedade, da precedência social e da reserva feminina, acrescentou: — Aqui o senhor está em casa.

O resto da manhã viu o ceramista roncar e babar no sofá baixo do salão, Sayoko vigiar seu novo herói com a vigilância ciumenta de uma loba e Haru pôr em ordem alguma papelada e meditar em seu escritório. No início da tarde, Keisuke emergiu do coma e encontrou ao alcance da mão um chá forte e uma tigelinha de natto.
— A sua governanta é superlúcida — disse ele a Haru, que lia, fumando, ali perto.
— Talvez ela ouça as estrelas — sugeriu Haru.
— Você não compreende o que diz — divertiu-se Keisuke.
— Sou um caipira das montanhas mas posso ouvir os astros — retrucou Haru.
Num impulso, citou os versos do poema de Kakurezato e fez-se um silêncio.
— É de Setsuko Nozawa — disse enfim Keisuke.
Depois de outro silêncio, acrescentou:
— Sae gostava muito dela.
— Ela ainda está viva? — perguntou Haru.
— Os mortos estão vivos — respondeu Keisuke —, já que vivem por nós.
— Falo da poeta — disse Haru.
— Eu sei — disse Keisuke —, mas gosto de lembrar a você as coisas essenciais. E aqui está outra: a verdadeira língua do Japão, a língua das estrelas, foi inventada pelas mulheres letradas

do período Heian, uma língua que falava de chuva, neve, noite, sentimentos de cem maneiras diferentes, com uma riqueza e uma sensibilidade que a modernidade matou. Tudo o que é vivo no Japão vem do caminho das mulheres.

Ele agitou seu natto bem na cara de Haru.

— As mulheres são nossos juízes. Não sei o que você está tramando mas seria melhor não esquecer isso.

Ora, eis que, passado um ano, a lembrança das palavras de Keisuke se misturava àquelas, na véspera, de Emmanuelle Revers: *Ela pertence a uma comunidade da qual você deve se proteger*. Haru riu, atrapalhado com as andanças do destino. As estrelas o tinham guiado para seus ancestrais e depois para seus irmãos e lhe mostravam, agora, seus juízes. Seus nomes eram Sayoko, Emmanuelle ou Paule, tutoras benevolentes de uma criança cujo destino pertencia às mulheres. Ele gostava que Sayoko soubesse, planejava se abrir a respeito com Emmanuelle, recolocava o destino de Rose nas mãos de Paule. Elas possuíam a mesma inteligência sonhadora, a mesma aptidão para o invisível, a mesma presença intensa que as tornavam uma comunidade bondosa para sua filha. Inversamente, era preciso que Maud, em sua comunidade hostil, saísse para sempre da vida dele. Em seus arquivos e nos panôs de madeira do escritório, retirou as fotos em que ela aparecia e ligou para Manabu Umebayashi pedindo-lhe que transmitisse essa recomendação ao fotógrafo francês. Por fim, fez o que o tribunal de suas benfeitoras lhe parecia naturalmente indicar: falou com Sayoko.

Falou com ela no dia seguinte, a sós, diante da gaiola do bordo. Ela trouxe chá e se sentou na sua frente.

— A mãe de Rose não quer que eu faça parte da vida de minha filha — ele disse.

— A francesa triste — disse Sayoko.

— Lembra-se dela? — perguntou Haru.

— Cruzei com ela no vestíbulo, uma manhã — ela respondeu. — Usava um vestido verde.

Descruzou e recruzou as mãos.

— Muito bonita, muito triste — acrescentou.

— Justamente — disse Haru —, estou desarmado diante dessa tristeza.

— É uma maldição, um tatari — ela disse. — Um kami muito poderoso ou talvez um yōkai, pois vejo uma raposa. Será um bom ou um mau espírito, seria preciso determinar.

Ela franziu o cenho.

— Antigamente, as raposas e os homens viviam lado a lado — continuou —, então é difícil saber. Porém, para agir é preciso conhecer a causa, mas ela voltou para a França. Como fazem os franceses para se purificar? Se é um ciclo, é preciso quebrá-lo imediatamente.

— Como eu posso ser íntimo de minha filha se estou ausente de sua vida? — ele perguntou.

— Íntimo? — ela repetiu como se se tratasse de uma palavra grosseira. — É melhor estar ausente.

Ele ficou desconcertado.

— Não entendo.

— A distância conserva a ligação — ela disse. — A realidade a quebra.

— Mas o amor requer uma certa intimidade — ele protestou. Ela riu.

— Você dará — ela disse. — Você dará, como as estrelas que cuidam de nós sem nada esperar de volta.

Ele ficou surpreso com essa entrada das estrelas num palco já atulhado de raposas e espíritos, e desconfiou que Sayoko e Keisuke trocavam comentários de que ele não estava a par.

— E o que você não pode fazer com uma mulher, pode fazer com uma criança — ela acrescentou, levantando-se.

Ele dedicou o final da manhã a refletir sobre suas palavras. Rememorava os acontecimentos maiores do ano que se passara e sentia uma resolução se firmar dentro dele. A única coisa que o salvará no final é que ele não gosta das linhas retas, Keisuke dissera a seu respeito. Hoje, sob a batuta das raposas e das estrelas, ele compreendia essa mensagem. Talvez só pudesse ser pai à maneira dos ensōs e das caligrafias em que se refletiam as curvas e os impasses de sua própria interioridade. Seu senso dos negócios, seu talento para o sucesso, seu gosto pela sedução e pelas mulheres, sua inaptidão para a intimidade explicavam porventura que ele tivesse desejado Maud e estivesse pronto para amar uma criança à qual não podia se dirigir em linha reta. Assim, qual era a reparação dessa inaptidão? Pelas palavras de Sayoko, Rose lhe oferecia a possibilidade de realizar uma aspiração nativa, de fazer o que nem o marchand nem o amante podiam; pois, profundamente, ele queria dar. Descobriu isso, o aceitou, o considerou com alegria. Fez disso o estofo de sua identidade de pai e o levou ao ponto mais elevado de sua consciência. Ele daria. Ele daria sem passar pela via direta mas mesmo assim ele daria. E se, ao longo de todo esse caminho da doação, ele honrava os seus, amava seus irmãos e seguia o caminho das mulheres, ele saberia talvez tornar-se um pai. *O caminho das mulheres*, repetiu como tinha costume de dizer *o caminho do chá*, e colocou seu destino nas mãos de seus juízes.

Muito tempo

Assim se passaram anos dedicados a honrar o caminho das mulheres, a temer o ciclo das maldições e a conversar com uma ausente, a única forma de doação que, por ora, Haru tinha à disposição. Toda manhã, ele se levantava, cumprimentava seu rio e suas montanhas, bebia uma xícara de chá, conversava com Rose, acendia um cigarro e começava o dia de trabalho. À noite, no banho, retomava como todos os pais laboriosos a conversa iniciada de manhã. Na verdade, duvidava que muitos pais tivessem o mesmo interesse por suas filhas. A ameaça de Maud lhe confiscava Rose mas lhe oferecia um espaço de liberdade de que poucos de seus semelhantes dispunham e que, a bem da verdade, desejavam. As crianças pertenciam às mulheres e, com exceção de Keisuke, Haru não conhecia homens japoneses apaixonados pela educação doméstica.

Observava com interesse especial o modo como Beth criava seu filho. Haru continuava a vê-la, com frequência, a dormir e a falar de negócios com ela. A amizade deles era fluida, sem implicação romântica, mas com todo o necessário de sexo para que cada um se sentisse satisfeito. Além do mais, se Beth permanecia parcialmente misteriosa para Haru, era, ao contrário de Maud, um mistério que não o cegava. Ela só lhe era parcialmente opaca — embora duplamente desejável — por ser inglesa mas, afora isso, pareciam-se em muitos pontos. Ela costumava levar William aos almoços com Haru e, depois de certo tempo, isso se tornou um ritual: toda sexta-feira os três se encontravam no Mishima Tei, na Teramachi, a grande artéria coberta do centro. Era uma velha instituição instalada numa antiga machiya onde se servia um sukiyaki que William adorava. Sentava-se em frente a Haru um garoto suave e mudo com seus grandes olhos azuis rodeados de cílios escuros. De sua mãe, tinha a estrutura esbelta, do pai, os cabelos pretos, o nariz fino e a carnação japonesa. Alto, delicado, estranho, era tão lindo que os passantes se viravam para ele na rua. Celebraram seus doze anos olhando-o engolir as finas fatias de carne de boi, gordurosas e cozidas no saquê e no açúcar e molhadas no ovo cru. Haru apreciava que aquela mulher dura fosse mãe amorosa, quando na verdade ela não tinha gosto pelo sentimento amoroso. Só desejava o corpo dos homens e o poder de construir impérios, e, no mais, se dividia entre seu amor pelo filho e pelos jardins zen.

Pois Beth Scott, seu nome de solteira, amou o Japão assim que pôs os olhos na areia do Nanzen-ji e depois, de novo à primeira vista, na criança que lhe nascera dessa paixão japonesa. Haru sempre pensava, espantado, no marido que ela escolhera, um homem destituído de qualidades sensíveis com quem ele cruzava sem vê-lo em certas reuniões de negócios. Mas ele sabia que, após sua primeira noite com Beth, Ryū Nakamura lhe dissera: Eu te ofereço o Japão, o conforto e, se quiser, filhos. Em troca, você será livre mas permanecerá como minha parceira para sempre. Assim, não é totalmente exato dizer que ele era desprovido de todas as qualidades nem acreditar que Beth Scott era desprovida de qualquer apego. Poucas pessoas lhe agradavam mas ali onde outros agiam sob o impulso das emoções, ela o fazia sob o da estima e do respeito, o que seu marido admirava e razão pela qual, nos dois primeiros anos do casamento, os resultados de seu comércio imobiliário se multiplicaram por cinco. Ninguém era bobo, mas ela jogava o jogo das aparências, se calava, cuidava de tudo discretamente e os japoneses, que não gostavam dela, a respeitavam, o que era tudo o que ela mesma oferecia e pedia aos outros.

No entanto, houve dois momentos em sua vida em que Beth já não se pertenceu. No dia de seus vinte e dois anos, ela se vira pela primeira vez diante do jardim principal do Nanzen-ji. Chovia, ela pagara ao entrar no templo, se descalçara, pegara um longo corredor escuro e depois a cena lhe aparecera em plena luz. Os dez mil quilômetros percorridos, as intuições difusas, os desejos informuláveis, tudo tomava sentido na aparência de um jardim onde figuravam quatro árvores, rochedos, musgo, algumas camélias, uma ou duas azaleias e um mar de areia percorrido por vagas. À esquerda e em frente, muros riscados de branco tendo ao alto telhas cinzentas, à direita, a extensa galeria externa do templo, mais adiante, os telhados de outros templos, as árvores das montanhas, o céu acima das cristas. Por todo lado, o barulho da chuva. Em Beth, uma praia ressecada e desolada se recompusera numa paisagem de solidão e de espírito purificado de sofrimento. Contemplando o jardim e vendo seu próprio cenário interior se refratar e se acalmar, ela pensara: Aqui, posso enfrentar tudo. Finalmente, no dia de seus vinte e quatro anos — era a primavera de 1969 — ela se viu diante de outra de suas paisagens íntimas. A sensação foi idêntica: um desespero invisível, fixado dentro dela, vinha à luz e se transmutava em alegria de acordo com o mesmo poder de transformação que ela sentira diante do jardim do templo. Mas quando Ryū foi à maternidade conhecer seu filho, ela lhe disse:

— Ele se chama William.

— Ele precisa de um nome japonês — disse Ryū.

— Como quiser — ela respondeu —, mas só o chamaremos de William.

Doze anos exatos depois, Haru almoçava em companhia de William e Beth na velha machiya de Teramachi onde se introduziam nos interstícios das divisórias de papel os suspiros e os faustos de um século de história. Ele gostava que Beth fosse mãe sem esperar, em troca, que o filho a fizesse existir, e se maravilhava ao vê-la dar seu amor sem reserva. Almoçavam numa sala privada onde uma recepcionista os deixara diante do réchaud, do nabe na marmita de ferro, das fatias de carne de boi, das folhas de crisântemo, das cebolinhas, das cebolas, dos cogumelos, do tofu e do ovo cru batido. Era um momento suave. A madeira rangia. Os espíritos cochichavam. As vigas da velha construção contavam os bons e maus momentos do século passado, a perenidade da cultura, sua faculdade de se adaptar sem morrer. Lá fora, estava a galeria aberta com suas lojas chamativas, seus letreiros de neon, sua música berrando, seu cimento sujo. Ali dentro deslizavam as paredes que tinham conhecido três eras imperiais.

A certa altura, já no fim do almoço, Haru se virou para William. O menino o encarava com uma intensidade inabitual, os olhos esbugalhados, cheios de um terror negro e, naquele olhar de tinta afogada, Haru viu passar a silhueta de um fantasma. O menino baixou a cabeça, os tormentos desapareceram e Haru se serviu de bebida para dissipar sua perturbação. Beth não viu nada.

— Estamos felizes aqui — ela disse. — Dez anos em Tóquio, não era um purgatório tão longo, mas, mesmo assim, era hora de ir embora.

William beliscava os cogumelos e punha para cozinhar os cubos de tofu, cantarolando. Haru se abriu com Beth contando que queria comprar um apartamento em Tóquio, cansado de ir para um hotel quando ali prosperavam seus negócios.

— Vamos visitar alguns juntos, semana que vem — ela disse —, e acariciou os cabelos do filho.

De novo, nas pupilas da criança um pavor espectral, de novo, Beth cega e sorridente, inteiramente envolvida com a ternura pelo filho. O que está acontecendo?, perguntou-se Haru, a garganta apertada, pensando em Rose. As sombras podem vir tão depressa a um coração de criança? De repente ele se reviu com a mesma idade na margem de seu rio e, nessa visão fugaz matizada de tristeza, sombras e silêncio, sentiu rastejar uma ameaça.

Quatro anos se passaram, porém, sem que nada de funesto acontecesse. Durante esses quatro anos, Haru continuou a falar com a filha, se convenceu de que o ciclo das maldições era uma miragem e continuou, para suas decisões, a se reportar às mulheres.

As fotografias e os relatórios chegavam da França a cada trimestre, Rose ia crescendo e Haru escrutava as feições daquela menina ruiva e risonha com uma alegria mesclada de espanto. Nela, nada deixava adivinhar que tivesse um pai japonês e, a não ser pela cor dos olhos e dos cabelos, ela também não se parecia com a mãe. Tinha um nariz pequeno e arrebitado, sardas, um rosto oval arredondado e uma fronte alta e plana, enquanto a de Maud era estreita e um pouco abaulada. Numa fotografia, ele a viu embrulhada num pequeno mantô cor de laranja, com uma boina verde enfiada até os olhos, mechas ruivas esvoaçando em torno das bochechas, a carinha alegre, decidida a ser feliz. Havia ali um tal desmentido da previsão das maldições, que ele olhava todo dia aquela foto como quem aflora um talismã com a mão. Em outra foto, com o nariz erguido para Paule, ela observava sua avó com intensidade e ele se espantava de se reconhecer na menina, mais além dos continentes e apesar das adversidades do destino. Ela possuía o mesmo encanto nascido do casamento do fervor e da leveza que ele sabia possuir. Ela radiografava a vida com o mesmo apetite que o menino que ele havia sido. Ela observava, dissecava, desejava tudo, da mesmíssima maneira como ele entrara no mundo para devorá-lo. A seu lado, Paule batia palmas, sorria, cantava e falava com a neta com uma alegria tão comunicativa que, às vezes, analisando as fotos, Haru ria com gosto. Que o destino de sua filha repousasse nas suas mãos o tranquilizava, tanto mais que, se Maud já não aparecia nas fotos, os relatórios diziam: ela permanecia sentada o dia todo na varanda e, intermitentemente, chorava. Mas Rose vivia e Haru continuava, de manhã e à noite, a falar com ela de seu rio, de seus irmãos e de seus ancestrais distantes. Contava-lhe sobre Takayama e Kyōto, as montanhas de lá e de cá, as etapas da fermentação do saquê, a importância das raposas. Explicava-lhe seu trabalho, comunicava-lhe seus gostos e desgostos, revelava-lhe as engrenagens e as astúcias da profissão. Ao fazer isso, descobria-se como jamais se percebera, múltiplo, composto, ligado à galáxia de seus pais. Finalmente, acendia um cigarro antes de voltar para a sua vida japonesa.

Empoleirada nesse equilíbrio relativo, a vida foi passando até o ano do grande começo. Os negócios andavam tão bem que, por intermédio de Beth, ele comprara um grande apartamento em Tóquio. Ia duas ou três vezes por mês à capital, onde organizava jantares com a imprensa, exposições efêmeras e festas na casa de um conhecido que possuía uma propriedade em Ginza. Ali encontrava mulheres, homens que se tornavam seus amigos e uma porção de pessoas que enriqueciam sua rede. Ali passava dias festivos e de muito estudo e acumulava sucessos. Mas quando voltava a Kyōto e reencontrava seu lar, seus templos e suas montanhas, sentia-se renascer. Reatava sob as glórias do êxito com o homem que precedera o marchand. Entrava na casa do Kamo-gawa e saía em busca de seus amigos. Avistava Keisuke no fundo de um bar e sabia estar no centro de sua vida.

De vez em quando, correspondia-se com Emmanuelle Revers, a qual ele tinha esperança de que retornasse ao Japão e com quem esperava poder falar de Rose. Três anos após o primeiro encontro deles, ela lhe escreveu dizendo que daria na primavera uma série de recitais em Nagoya e em Tóquio. Mas irei vê-lo em Kyōto, dizia no final da carta, e andaremos juntos sob as cerejeiras de Shinnyo-dō. Depois ele não ouviu mais falar dela e soube por Tomoo que os concertos haviam sido cancelados. Passada uma semana, recebeu uma carta cuja letra trêmula foi difícil decifrar. Estou doente, ela explicava, e sei, indo contra os médicos, que isso me será fatal. Ele respondeu que seguramente ela estava enganada, que pensava nela e que breve ela voltaria ao Japão. Em sua própria resposta, ela lhe agradeceu e acrescentou: Morrer não me preocupa mas, quando eu já não estiver aqui, quem se lembrará de meu garotinho? Daí em diante, não teve mais nenhuma notícia, ficou preocupado, ligou para Manabu Umebayashi que lhe informou que Emmanuelle Revers não saía mais de casa e deixara de receber visitas. Finalmente, um dia, sem que ninguém tivesse pressentido a tempestade, chegou o ano de 1985 e tudo o que fora anunciado começou.

Mil novecentos e oitenta e cinco — o ano das quatro mortes. Haru soube da primeira por Tomoo na tarde de 3 de janeiro em que ele não previra ir a Shinnyo-dō mas, movido por um impulso de última hora, saíra sob a neve, gritara por um táxi e fora até diante do veleiro no momento em que a noite caía. Tomoo o recebeu lhe dizendo: Emmanuelle Revers morreu, e acrescentou: Isao está doente. Doente como?, perguntou Haru mas Tomoo não respondeu, o fez entrar e o levou à sala das festas e do saquê onde seu único amor, deitado numa poltrona, sentia uma grande dor. As faces chupadas, o olho apagado, respirava com dificuldade. Seu belo rosto, jovem na véspera, estava invadido pela velhice. Ele ficou doente uma semana e morreu. No hospital sucediam-se os amigos, Tomoo não se afastava de sua cabeceira, não havia nada a fazer, senão olhá-lo se apagar. No dia 10 de janeiro de manhã, Haru foi ao quarto e encontrou Tomoo ajoelhado no chão, de olhos fechados, mãos postas sobre as coxas. Ajoelhou-se a seu lado, ficaram ali juntos no falso silêncio dos monitores, se levantaram, viram que Isao estava morto. Tomoo não piscou, não chorou, não disse nada e Haru fez o mesmo. Observaram o corpo supliciado daquele que tinha sido tão alegre e tão bonito, depois chegou uma enfermeira, depois o médico, depois outras pessoas — eles saíram do quarto.

O velório foi na casa dos pais de Isao, em Arashiyama, do outro lado da cidade. O monge, indiferente e senil, balbuciava seu sutra, o lugar era lúgubre, a família muda e reprovadora sem que se soubesse se aquilo era por causa da morte ou da presença dos amigos de Isao. A casa dava para o rio Katsura no lugar onde, largo e pedregoso, ele parece uma extensão lunar. Os visitantes entregavam seu envelope de oferendas enquanto Isao repousava, as feições irreconhecíveis, no meio daquele pântano. O funeral, no dia seguinte, foi acolhedor e Tomoo, fazendo o que se esperava dele, apresentou-se como o inquilino que dividia o apartamento com o defunto. Pôs uma flor no caixão aberto e foi embora sem se virar. Na mesma noite, em Shinnyo-dō se reuniu um grupo numeroso.

Havia ali os amigos de sempre, os colegas do teatro de que Isao era administrador e uma quantidade astronômica de saquê. Um de seus irmãos, o único que Tomoo frequentava, juntou-se a eles quando se iniciava uma alternância de bebida e discursos que prometia durar a noite toda. Bebiam, alguém se levantava e falava, bebiam de novo, algum outro se levantava e, por sua vez, falava. Tomoo, afundado na poltrona onde seu grande amor sofrera, escutava todo mundo, sem beber. Os atores e os técnicos contavam histórias de palco, os amigos, histórias de amizade, e todos estavam embriagados de saquê e de tristeza. A certa altura, Keisuke se dirigiu ao irmão de Isao.

— E então, Ieyasu, você acredita na vida ideal?

Claro, o outro estava bêbado demais para responder.

— Ela não existe — disse Keisuke. — Não julgue com muita severidade seus pais e seus irmãos, eles acreditam no que lhes dizem para fazer, mais do que fazer aquilo em que acreditam, e tantos outros são como eles. Mas Isao só acreditava na humanidade e, por essa razão, era desses homens com quem uma vida ideal é possível.

Houve murmúrios de assentimento e Tomoo, finalmente, bebeu quatro copos de enfiada. Por volta das dez da noite tocou a campainha do veleiro Jacques Melland, acompanhado de um rapaz muito jovem que exibia a mesma gravata à Lavallière preta que ele. Deu os pêsames em japonês a Tomoo e disse apontando para o filho:

— Gostaria que ele aprendesse.

O rapaz se apresentou num japonês hesitante: chamava-se Édouard, estava encantado e acrescentou em inglês que estava muito triste por Isao.

— Quantos anos você tem?

— Dezesseis — ele respondeu.

Pela janela, sob o lampadário, via-se a cerejeira laqueada de inverno e de noite. À medida que o tempo passava, os convidados dormiam sobre tatames, outros iam embora e, a certa altura, só ainda conversavam e bebiam os dois franceses e o trio dos amigos japoneses. No início, fez-se esforço para falar inglês mas, com a ajuda do saquê, voltaram ao japonês e Haru, o único que ainda era capaz disso, traduzia para Jacques — que compreendia japonês bastante bem — e Édouard — que não compreendia nada. Até mesmo Tomoo estava meio baqueado e, por volta da meia-noite, fez Jacques repetir duas vezes a pergunta sobre a morte de Isao.

— Uma doença fulgurante — ele disse quando o entendeu.
— O inferno está bem do lado, a gente cai nele atravessando um banco de bruma.

Keisuke, que roncava, levantou a cabeça.

— O inferno? — disse. — Eu só tive uma hora para viver e, no entanto, me é proibido morrer. Meu destino é sobreviver aos meus e estou aqui como um idiota esperando que todos vocês morram.

Ele arrotou, tornou a se servir de bebida.

— Mas você — acrescentou olhando para Tomoo —, o seu destino é diferente.

Haru traduzia para Jacques e Édouard.

— Ah — disse Jacques —, é o que eu tinha entendido. Morrerei antes dos meus mas a hora também já passou e agora só me resta matar o tempo.

Virou-se para o filho.

— Eu te amo — disse —, mas compreenda, falo de minha vida de homem.

— Em que o destino de Tomoo é diferente? — Édouard indagou.

Haru fez a pergunta em japonês para Keisuke.

— Tochan? — disse Keisuke. — Ele tem sorte, só isso. Viverá outros amores.

— Você é o mestre da sorte? — perguntou Édouard.

— Bem, sou — disse Keisuke.

— Pode me dizer se eu tenho?

Keisuke riu.

— Não sou médium — ele disse —, não vejo por encomenda.

— Então você é o quê? — perguntou Édouard.

— Poeta — respondeu Keisuke.

Em seguida, a noite se passou sem que ninguém mais conseguisse conversar, e Haru, sozinho, continuou a falar com Édouard.

— Você sabe o que quer fazer da vida? — perguntou.

— Vou retomar a loja — disse Édouard. — Mas primeiro vou estudar arte e línguas orientais.

— Gosta de comércio? — perguntou Haru.

— Ah — disse Édouard —, não propriamente mas é um meio, não é?

— Um meio de quê? — perguntou Haru.

— De estar aqui — ele respondeu.

Varreu a sala com os olhos.

— Eu jamais pensaria que um dia compreenderia alguma coisa do meu pai.

E, apontando para Tomoo:

— Eu também jamais desconfiaria que meu pai poderia me compreender. Salta aos olhos que vivemos em planetas diferentes a não ser quando estamos no Japão.

— Já não é tão mau — disse Haru, e depois, num tom distante: — Você conhece nossa amiga comum, Maud Arden?

— Maud? — indagou Édouard. — Ela teve uma filha e foi viver retirada na casa da mãe. Meu pai gosta dela, não sei bem a razão. Acho que ela é louca, tenho pena de sua filha, na verdade.

— Louca? — repetiu Haru.

— Quer dizer, quem se retira do mundo aos trinta anos, a não ser os monges e os loucos?

Às três horas, Jacques e Édouard se despediram. Keisuke roncava nos tatames em companhia de alguns outros, Tomoo descansava em sua poltrona, olhos semicerrados. Haru saiu na noite fria e subiu as escadas em direção ao templo. Estava claro, as lanternas de pedra projetavam no pátio longas sombras esgarçadas, o cascalho brilhava. O que Édouard lhe dissera — no Japão meu pai e eu nos entendemos — oferecia a Haru uma perspectiva nova da sua relação com a filha. Ele queria dar e, até aquela noite, considerara que isso consistia em falar com Rose e, mais tarde, lhe transmitir seus bens. Diante dessa ideia, riu, soltando uma nuvenzinha de fumaça diante de si. Pegando o caminho de Kurodani, serpenteou entre os túmulos até chegar ao alto da grande escada. Da cidade que se exibia a seus pés subiam um rumor surdo e gritos de sirene. À esquerda, ao longe, via-se a torre de observação, o prédio mais alto de uma cidade poupada de arranha-céus, com seu estilo de cogumelo de aço, seu pé branco e sua plataforma circular de um tom vivo de vermelho. No meio, as janelas do hotel Okura, a segunda mais alta construção de Kyōto, lançavam no leve nevoeiro uns pequenos halos de luz. Ao longe e à direita, vindo lamber o alto das montanhas, se espalhavam os edifícios da cidade moderna. Aqui e ali, perdidos nesse oceano de concreto, os telhados dos templos se destacavam como faróis. Todo o resto banhava-se numa aura de neon. Haru contemplou muito tempo essa mistura de feiura e graça.

Compreender os vivos, pensando bem, era a tarefa a que seus trinta e seis anos o destinavam já que, ao redor, os humanos não paravam de morrer e era preciso tomar conta dos que restavam.

O terceiro a se despedir desta terra depois de Emmanuelle e de Isao foi, aos quarenta anos, Ryū Nakamura, o marido de Beth. No dia 20 de janeiro — dia do aniversário de Haru —, ele desabou por volta do meio-dia no chão de um canteiro de obras e o socorro apenas pôde constatar sua morte. Beth esperava num restaurante vizinho onde deviam almoçar. Ela viu chegar o braço direito de Ryū, seu sangue refluiu do rosto e se refugiou em seus pés. Quando ele lhe disse: Nakamura teve um ataque, ela se deixou cair na cadeira, sufocada por um alívio infinito e, após alguns dias, confessou a Haru: Pensei que fosse William. O funeral foi imponente e Beth não poupou esforços para contentar os japoneses dobrando-se aos costumes, fazendo uma homenagem sincera ao marido e preparando o futuro da empresa. William se calava do mesmo modo como se calava sempre em seus almoços de Teramachi e, em geral, na vida. Era tão bonito que essa beleza lhe triturava o coração, temia-se que ela fosse quebrada assim como se teme que ocorra com toda obra perfeita. Às vezes ele tinha esses olhares sombrios a que Haru se acostumara mas nenhum igualava o negrume daquele, afogado de terror, do dia de seus doze anos. Seus lindos olhos azuis haviam adquirido, na adolescência, uma textura cristalina e sentia-se que a intensidade, em seu ponto extremo, se tornara transparência. A essa grande beleza, sua silhueta alta, seus cabelos pretos e sua pele de arroz acrescentavam uma elegância singular que sempre fascinava os passantes. Mas ele, pouco importava o que acontecesse, impassível e mudo, parecia só ouvir a mãe e olhar para ela. Com ela, expressava-se em inglês mesmo se, durante os almoços no Mishima Tei, falasse também japonês. Haru observava que ele parecia menos triste quando usava a língua do pai e, no enterro, o viu mais à vontade em sua pele nipônica do que na de suas roupas britânicas. Porém, qualquer que fosse o idioma, William permanecia um mistério.

Passaram-se uns dias sem outro fato bombástico, e depois chegou o 13 de fevereiro e Sayoko, no meio da tarde, disse: Há algo estranho no ar. À noite, Haru jantou com Keisuke e Tomoo num restaurante de sobas em Shirawaka, a grande artéria mais abaixo do veleiro. Ali, beberam razoavelmente, e em seguida foram consertar essa meia dose num bar do centro onde se servia vinho francês, o primeiro do gênero em Kyōto. Ora essa, disse Keisuke após um copo de bourgogne cobrado a um preço alucinante. Pediram um grande bordeaux que beberam sacudindo a cabeça — isso aí não vale um bom saquê, disse enfim Keisuke — e então migraram para um de seus bares prediletos onde se serviam saquês raros igualmente caríssimos. Depois de duas horas festivas, Haru teve uma sensação cuja causa atribuiu ao álcool: o mundo se retirava como, antes de um tsunâmi, o mar se retirava da praia. Ele via ruas e prédios aspirados por um vórtice invisível e levados para muito longe sem que ele conseguisse retê-los. No mesmo instante, Keisuke, falando de Tarō, seu filho mais velho, disse: Ele faz mergulho em Okinawa, a juventude de hoje é idiota, na idade dele eu ia buscar terra para raku nas montanhas. Tomoo pegou um táxi para Shinnyo-dō, Keisuke e Haru foram a pé para a casa do Kamo-gawa. O marchand estava razoavelmente bêbado mas continuava a andar direito e não gaguejava — segurou Keisuke, o arrastou até o sofá baixo do salão e ali o jogou antes de ir para o quarto.

Acordou invadido por um sentimento de desgraça e de chuva. Na sala do bordo, Sayoko planejava suas compras vigiando Keisuke de canto de olho. O ceramista roncava, a cabeça esmagada numa almofada, uma perna caída, a outra desnuda, a calça arregaçada até o joelho. Chovia e as montanhas do Leste desapareciam sob as lufadas contínuas de neblina. Alguém bateu à porta, Sayoko foi ao vestíbulo e voltou com os braços carregados de ramos de cerejeira. Haru olhou para ela arrumando os ramos num grande vaso de argila com as laterais trabalhadas. Seus gestos eram cirúrgicos, sem nenhuma hesitação, comandados, assim como tudo o que fazia, pelo sopro de um saber milenar. Ela terminou o arranjo, Keisuke abriu os olhos e exclamou:

— Ah! Esse vaso é bem bonito.

Haru riu.

— O ceramista também.

— Ele é meu? — perguntou Keisuke.

— É seu.

Conversaram tomando chá e fumando. Pelas onze horas, Sayoko, que ia e vinha pela casa, ficou imóvel diante da sala envidraçada que dava para o rio. Parecia escrutar o magma cinza da paisagem e pôs a mão sobre o peito.

— Está tudo bem? — perguntou Haru.

— Não sei — ela disse.

Ele se levantou, inquieto.

— Não — ela disse —, comigo está tudo bem.

Ela se virou e foi para a cozinha, Haru e Keisuke se olharam.

— Não gosto disso — disse o ceramista —, você sabe que ela tem o dom da vidência?

— Você zomba da religião e acredita nos dons da vidência? — divertiu-se Haru.

— Acredito nos humanos e em seus talentos — retrucou Keisuke.

Por volta do meio-dia, saíram de casa e Haru foi tomar o trem para Tóquio. O fim da tarde se passou em encontros de negócios e, à noite, ele deu um jantar com farta bebida, durante o qual foi concluída uma das vendas mais importantes de sua carreira. Voltou para o apartamento de Hongō pelas três da madrugada. O telefone tocou. Ele tirou do gancho e ouviu a voz de Sayoko lhe dizer: Tarō-san se matou. Se matou?, repetiu Haru sem entender. Em Okinawa, na ilha Zamami, ela disse. Um acidente de mergulho. Sua voz era fria, mecânica. Depois de um silêncio, ela acrescentou: Eu deveria ter sabido. Não é possível, disse Haru, e depois de mais um silêncio: Vou pegar o próximo trem.

Pegou o Shinkansen das cinco horas e chegou em casa antes das oito. Sayoko lhe abriu a porta. Na sala do bordo, ele encontrou Keisuke, sentado, as costas contra a gaiola de vidro.

— Morrer aos dezesseis anos em Zamami: o destino se conhece em matéria de crueldade — disse o ceramista.

Haru sentou ao lado dele.

— Foi lá que amei Sae.

Ele pegou o cigarro que Haru lhe entregava.

— O destino massacra seus galhos — continuou. — O que você vai encontrar agora para me consolar?

Haru não disse nada.

— Eles repatriam o corpo hoje — recomeçou Keisuke. — Nobu chega hoje de manhã. É muito bonita, a praia de Furuzamami, sabe.

Deu uma longa tragada.

— O pior — disse — é que será preciso de novo suportar os monges. O incenso, os monges, os sutras, as oferendas idiotas em seus belos envelopes e novamente os monges.

Durante o velório, Hiroshi, irmão de Keisuke, oficiou com dignidade. Ao enterro do dia seguinte compareceu uma maré humana — eles vêm por você, por Nobu, por Tarō, por Sae e por Yōko, disse Haru a Keisuke. O ceramista o olhou com um gesto inexpressivo e depois começou a soluçar num desespero tão dilacerante que Haru o levou para um canto, fora da visão de seu último filho, e ali ele chorou muito tempo no silêncio da amizade. No fim do enterro, tomou a palavra e, segundo o costume, agradeceu aos presentes. Estava com os olhos enxutos, os ombros curvados, falava com delicadeza olhando para Nobu, o único sobrevivente dos irmãos.

— Enquanto você estiver aqui, desejo viver pois as ausências me trituram mas a sua presença me preenche — ele disse. — Saiba que, se eu estivesse sozinho, apelaria para as potências da morte e lhes diria: Não as temo. Mas não estou sozinho e, se a vida oferece apenas uma hora de fervor, quero que a vivamos juntos.

Alguns dias depois, uma noite, Haru, Tomoo e Keisuke se encontraram no veleiro de Shinnyo-dō onde Tomoo serviu saquê que eles bebericaram comendo uns senbeis. Estavam calados, só se ouviam o estalinho dos biscoitos e o ruído dos copos colocados na mesa. Passada uma hora, Tomoo se levantou e foi pôr um disco na vitrola.

— Ella Fitzgerald e Joe Pass — ele disse. — A canção foi escrita por Eden Ahbez. Anos mais tarde, ele perdeu o filho Tatha, por afogamento, aos vinte e dois anos.

Ouviram a música, Haru repetiu as palavras em inglês e traduziu aos poucos para Keisuke.

There was a boy
A very strange enchanted boy
They say he wandered very far, very far
Over land and sea
A little shy and sad of eye
But very wise was he

And then one day
A magic day he passed my way
And while we spoke of many things
Fools and kings
This he said to me
"The greatest thing you'll ever learn
Is just to love and be loved in return"*

— Ah! — disse Keisuke. — O amor! O que você está pensando? É o amor que nos mata!

Mas olhou para Tomoo com gratidão. Beberam mais e ele disse:

— Haru me ofereceu o seu silêncio, você me oferece esta música.

E a noite se passou entre trevas e luz. Nos meses que se seguiram, Keisuke fez uma série de cerâmicas e caligrafias magníficas e Haru organizou em Kyōto e em Tóquio duas exposições que tiveram grande sucesso.

— Apesar de todo o dinheiro que você me tira, eu me torno rico — disse Keisuke —, você é um danado de um marchand mas realmente trabalha bem.

Paralelamente à sua vida de negócios, Haru continuava a levar sua vida secreta de pai e, logo, Rose fez nove anos. Algumas fotos com teleobjetiva a mostravam fora da casa, a pé ou de bicicleta,

---

* Havia um menino/ Um menino encantado muito estranho/ Dizem que ele vagou muito, muito longe/ Sobre a terra e o mar/ Um pouco tímido e triste de olhar/ Mas era muito sábio/ E então um dia/ Um dia mágico ele passou no meu caminho/ E enquanto falamos de muitas coisas/ De tolos e reis/ Ele me disse isto/ "A melhor coisa que você aprenderá/ É apenas amar e ser amado em troca" (N. T.)

pequena exploradora engraçada e sem fôlego, maravilhosamente viva. Uma manhã, rompendo o pacto que parecia ter feito consigo mesma, Sayoko parou diante de uma foto. Era janeiro, nevava, Haru, que fumava em seu escritório lendo um relatório de atividades, levantou a cabeça e a viu postada diante da imagem. Rose ria às gargalhadas, o boné atravessado, segurando algo nos braços. A imagem, feita de longe, não permitia distinguir o objeto. Atrás da menina, na varanda, adivinhava-se uma silhueta desfocada.

— Um gatinho — disse Sayoko e, depois de um tempo de pausa: — e uma sombra.

Haru se inquietou com essas últimas palavras mas os meses se passaram sem outro alerta e, um dia, foi o décimo aniversário de Rose. Estava um dia incrivelmente ameno e bonito para um 20 de outubro — sublinhou o investigador — e as fotos a revelaram de mantô, no jardim, em frente a um bolo cheio de velinhas. Rompendo as recomendações, provavelmente por descuido, na foto aparecia Maud sentada à sua direita, magra e encolhida, sorrindo. Haru ficou tão desconcertado com aquele sorriso que não dormiu à noite. Isso abria uma perspectiva que ele levara anos para fechar. Ele lhe murmurava: E se? Cantarolava uma pequena melodia lancinante — e se? e se? e se? — que o acompanhou o dia todo. Trabalhou, foi ao depósito, deu telefonemas, embalado pela ladainha. Às cinco da tarde, respirou fundo e se preparou para ligar para Manabu Umebayashi em Paris, mas no momento em que esticava a mão para o telefone, o aparelho tocou. Era Yasujirō, o antigo braço direito de Ryū Nakamura, que se tornara o braço direito de Beth. Ele disse apenas: Você precisa vir a Ichijo. Agora?, disse Haru. Sim, ele respondeu.

Haru saiu, chamou um táxi e pegou a direção do palácio imperial. Quando o carro, deixando o recinto escuro para trás, virou para Ichijo, a rua onde moravam os Nakamura, ele viu ao longe faróis giratórios. Yasujirō o esperava diante do edifício, com o rosto tão devastado que ele mal o reconheceu. Ao lado, havia viaturas de polícia e uma ambulância se afastava. Beth?, perguntou Haru. William, disse Yasujirō. Haru o seguiu até o apartamento, cruzaram com policiais, a cara fechada, que iam embora. Os Nakamura ocupavam o conjunto do último andar, as grandes salas envidraçadas davam para todo o sul da cidade. Ao longe via-se a estação de trem e sua torre em forma de cogumelo, à esquerda os templos ao longo das montanhas do Leste, à direita as do Oeste que o crepúsculo afogava com um veludo escuro. Num canapé estava sentada Beth, que ergueu os olhos para ele, olhos duros que o sofrimento tornava pretos. Ela lhe fez sinal para se sentar na sua frente, em outro sofá, e Yasujirō saiu da sala murmurando: Estou no escritório.

— Fale-me — disse Haru —, não sei o que aconteceu.

Ela fez um sinal com a mão que significava: Espere, e ele esperou.

— Ele queria partir — ela disse enfim.

Deu um sorrisinho, atroz.

— Partir? — perguntou Haru.

— Ele se suicidou.

Haru olhou para Beth e, por cima de seu ombro, para as montanhas onde cintilavam as luzes artificiais da noite. Ele não sentia nada. Qual era o nome japonês de William?, ele se perguntou e a onda de tristeza e pavor o colheu.

— Fique onde está — ela disse —, se vier para perto de mim vou desabar.

Ela passou a mão na testa.

— Como se pode amar e ser cego a esse ponto?

Ela apontou com a mão para uma folha de papel que estava na sua frente.

— *Parto* — ela disse. — Ele somente escreveu: Parto.
Engoliu a saliva com dificuldade.
— Não haverá outra explicação. Não sei se vou conseguir sobreviver. Não sei nem sequer se consigo chorar.
— Vai chorar mais tarde — disse Haru —, mas por ora há muito que fazer, apoie-se em mim.
— É o que eu queria lhe pedir — ela disse. — Cuide de tudo, eu cuidarei de mim.

Ele cuidou de tudo. No funeral, Beth não chorou, recebeu os pêsames com calma. Quarenta e nove dias depois, ele a acompanhou ao cemitério para depositar a urna no túmulo dos Nakamura. Ao lado dos nomes de Ryū e de William, ela mandou gravar o seu, em caracteres vermelhos.
— É uma prática que se perde — ele disse.
— De fato pensei em me matar, mas se eu morrer quem se lembrará de William? Então, mando inscrever minha vontade de juntar-me a ele sem morrer.
— A dor é onipresente, não é possível escapar — ele disse. — Mas às vezes, em certos lugares, diante de certas presenças, você vai se tornar outra mulher que poderá respirar de novo.
Ela olhou para ele, que viu que aquilo lhe fazia bem e disse ainda:
— Ouvi isso de outra mulher notável.
E acrescentou: De outra estrangeira.

No dia seguinte, Beth foi sozinha ao Nanzen-ji. Pagou a entrada, tirou os sapatos, calçou os horrorosos chinelos de couro falso do templo e subiu pela galeria escura até o jardim principal. Tinha nevado a noite toda e o céu estava pálido. A extrema beleza da cena disparou seu coração assim como aquele preto e branco de árvores e telhados nevados revelava o local de outra maneira. Por essas formas puras — a areia alisada pela brancura, a nudez dos galhos, a ladeira salpicada de telhas — manifestavam-se a graça e o sofrimento, o amor e a desolação. Ela sentiu seu corpo se dissolver e seu espírito aceder a um lugar — em outras plagas — onde pela primeira vez desde a morte de William ela conseguia respirar. Aquilo durou um bom momento e depois ela se ajoelhou no chão de madeira e chorou aos prantos com soluços salvadores. Quando se levantou, apaziguada e vazia, a dor reapareceu, intacta e cruel — mas posso voltar aqui tanto quanto quiser, ela pensou, e foi embora. Ligou para Haru, lhe contou sua manhã, ele desligou e meditou sobre o que ela lhe dissera.

Desde seu décimo aniversário, as fotos mostravam Rose sob um aspecto diferente. Ela já não sorria nem ria, e Paule, ao lado dela, tinha um ar preocupado. As fotos chegavam da França, revelando uma menina cada vez mais taciturna a quem só a presença do gato parecia às vezes alegrar. O Natal parecera triste, sem fotografias triunfantes, presentes na mão, no jardim nevado, e a remessa do primeiro trimestre de 1990 confirmara o augúrio. Haru olhava as fotos, não podia deixar de pensar em William e dormia mal, obcecado por pesadelos e despertares atormentados. Em fevereiro, foi a Takayama visitar a família. A doença do pai estacionara, ele não perdia a cabeça mais do que antes, uma curiosidade para os médicos que tinham previsto uma degradação contínua — dá para administrar, respondia Naoya sempre que Haru o interrogava sobre como ia o comércio. Aquele inverno não foi exceção, ele chegou no fim da manhã, passou algum tempo na loja de seu irmão conversando sobre assuntos variados e pegou o caminho da casa familiar. Lá, encontrou seus pais de humor um tanto alegre e, quando o pai saiu para pegar lenha, a mãe lhe disse: Ele está melhorando, e isso é bom. Almoçaram um donburi de frango acompanhado de saquê quente. No fim do almoço, Haru perguntou como ele era quando menino de dez anos, o pai se levantou, saiu da sala e voltou com um quadrado de papel. Na foto, feita uns trinta anos antes, Haru se postava na margem, atrás da casa, com o torso meio virado para a objetiva. Ao fundo, viam-se a torrente, os pinheiros gelados, a grande pedra com sua cobertura invernal.

— Tirada na manhã dos seus dez anos — disse o pai, que riu acrescentando: — Você tinha uma bicicleta e queria ir a Takayama.

Ele parecia feliz com aquele dia do qual Haru tinha uma lembrança cinzenta. Escrutou a imagem amarelada.

— Posso ficar com ela? — perguntou, e a mãe assentiu.

No caminho de volta para Takayama, espantou-se com a presença de espírito de seu pai — ele está aqui, perto e longe, pensou, navega entre os dois mundos mas continuamos sem conseguir nos comunicar, tal como no dia de meus dez anos. Os picos ensolarados lhe davam a impressão de querer expulsá-lo, ele subiu no trem para Kyōto aonde chegou tarde, tomou um banho, deitou-se e dormiu um sono agitado de sonhos em que dominava uma sensação de ternura e fracasso. Quando acordou, teve a visão de uma raposa imóvel sobre um espelho ofuscante e em seguida tudo voltou ao nada e ele foi para a sala do bordo onde Sayoko, saindo da cozinha de quimono creme, lhe trouxe chá. Calado, ele lhe entregou a fotografia.

— Volcano boy — ela disse depois de observá-la. — Mesmo olhar.

Que Rose, por mais ruiva e francesa que fosse, se parecesse com ele não o reconfortava. Se dar era compreender, então ele não compreendia nem dava nada e, além do mais, não podia falar com ninguém de Rose e de sua transformação. Embora juíza e guia na vertente das mulheres, Sayoko não era uma confidente, eles se compreendiam mas não se punham de acordo, as estranhezas de cada um diferiam demais para que pudessem conversar livremente. Sem jamais ter propriamente questionado a razão, era-lhe impossível confiar-se a Tomoo ou a Keisuke, e a morte de William esclarecera por que ele sempre se calara com Beth. Continuava a vê-la regularmente mas já não dormiam juntos. A tragédia os afastara carnalmente enquanto a amizade, intacta, assumira toques sombrios que ele encontrava em outras facetas de sua vida, como se nele algo tivesse efetuado uma translação ínfima e desregulado insensivelmente mas com toda a certeza o curso de seus dias. Foi nessa época que se tornou sua amante uma japonesa que voltava de dez anos passados no estrangeiro ao lado do marido diplomata. Com ela, descobria um modo de fazer amor, febril e tenso, que não conhecia. Com exceção de Maud, em sua passividade fria e obscura, o sexo sempre fora para Haru um jogo divertido e leve. Gostava de seduzir e de fazer gozar e via nisso uma espécie de milagre tão pouco dramático quanto uma noitada de saquê. Acontecia de algumas amantes se tornarem amigas, e de falarem com uma liberdade que não tinham nem com os maridos nem, volta e meia, com as próprias amigas, e até nesses casos ele sabia conservar no sexo sua leveza e seu encanto sem futuro. Emi, inversamente, entrara em sua vida e em sua cama com uma sede que não deixava espaço para a brincadeira amigável. Ela o queria e o arrastava numa espiral apaixonada sobre a qual ele não conseguia dizer o que — a força do desejo dela ou o escurecimento do espírito dele — a conservava à tona, mas sentia que o ciclo das maldições possibilitava aquilo que, outrora, ele teria posto à distância. Uma noite, quando ela estava diante dele no grande banho, nua, oferecida, intensa, ele teve o impulso ardente de lhe falar de Rose. Era verão, o canto das cigarras tinha estridências de sirene, Emi olhava para ele com aquele misto de desejo e compaixão que se mantém tão perto do amor e ele foi tentado a fazê-lo — mas tentado pelo quê?, perguntou-se, assustado com a imensidão do que se preparava para consumar. Ela percebeu sua hesitação e se aproximou. Ele estudou seus lábios finos e teve tanto desejo por ela que a penetrou dentro da água, a apertou estreitamente contra si, ávido de aderir a todo o seu corpo, exausto, enfim, com aquele abraço desesperado. Mais tarde, no quarto, acenderam um cigarro e ela se sentou encostada na parede, com as pernas cruzadas.

— Fale comigo — ela disse.

Ele não conseguiu. Na semana seguinte, encontraram-se numa recepção oficial em que Haru estava acompanhado de Keisuke, e Emi, do marido. Ela estava nos salões do hotel Okura e Haru empregou seu tempo em distribuir cartões e entreter sua rede. Após uma hora, Keisuke, gentilmente bêbado, encontrara refúgio numa poltrona, onde roncava discretamente. A certa altura, abriu os olhos e viu diante de si Emi, que olhava para Haru. Alguns dias depois, os dois homens almoçaram num novo restaurante de tonkatsu em Sanjō, na galeria coberta.

— E então, aquela mulher? — disse Keisuke.

— Do que você está falando? — perguntou Haru, que sabia muito bem do que ele falava.

— Da possibilidade do amor, se no entanto você quer aceitá-lo.

Haru não respondeu, terminaram o porco empanado e o repolho regado de molho de yuzu e saíram pela galeria comercial. Ela terminava a trinta metros e, mais além, Sanjō-dori, seu concreto e seus letreiros luminosos se estendiam até as ladeiras arborizadas das montanhas do Leste. No halo de calor do verão, a feiura urbana parecia ainda mais suja e as vertentes, deslavadas e compactas, não deixavam passar luz. A floresta estava amuada, escura e morosa, estriada pelas ofensas de neon da cidade moderna. Eles olharam em silêncio aquela mistura de antigo e de novo Japão e depois se despediram. Haru foi para casa a pé, ao longo do rio, cruzando com corredores, passantes, ciclistas e mães que empurravam carrinhos de bebê. O capim das margens, queimado pelo verão, inclinava para a água seus penachos, o rio corria, indiferente e claro. Ele chegou em casa, se descalçou, foi tomar um banho de chuveiro e se sentar, refrescado, na mesa baixa perto do bordo onde Sayoko tinha posto o correio. Sobre a bandejinha repousava uma única carta, com um selo francês, seu nome e seu endereço em caracteres romanos, com uma letra alta e solta que ele não conhecia.

Ela continha uma fotografia de Rose no jardim. Ao fundo, lilases brancos de verão escondiam um muro de pedras secas. À direita, o olhar levava para o vale do Vienne. A menina, de vestido verde de casinhas de abelha, ria franzindo o nariz. Haru virou a foto e leu simplesmente *Paule* escrito em tinta preta. Seu coração disparou e, na hora que se seguiu, passou em revista o leque de possibilidades. Como Paule conseguira seu endereço? Estava no verso da carta que ele enviara a Maud. Acaso sabia que ele vigiava Rose? Era provável, embora o envio pudesse ser apenas uma garrafa jogada ao mar. O que ela queria? Ele examinava a foto e não encontrava nada que pudesse esclarecê-lo mas sentia o peito apertado. Finalmente, Sayoko apareceu em companhia de Mei, a moça que fazia a faxina, ele conversou com elas antes que fossem para a cozinha, e depois, repousando os olhos na foto, compreendeu: era a última foto de antes da reviravolta. Rose estava feliz, enquanto as imagens, agora, a mostravam triste e fechada, cercada de desgraça. Paule Arden lhe enviara o rastro de uma felicidade fugidia, a dela, a de sua netinha e, talvez ela pensasse, a de Haru. Foi para o escritório e interrogou suas montanhas. Sentia-se preso nas tenazes das maldições. Pensou em escrever a Paule mas temeu que Maud ficasse sabendo e, enquanto uma chuva de verão, quente e forte, começava a cair em Kyōto, imaginou mais uma vez que a equação de sua vida não podia mudar. Porém, comovido por saber que no outro lado do mundo aquela mulher cheia de elegância conhecia sua existência e seu nome, reconfortou-se como pôde com essa ideia benfazeja. As semanas, os meses e os anos se passaram, afagados e assombrados pela carta de Paule, tragados na mesma impossibilidade. Os negócios prosperavam, as mulheres se sucediam, Rose crescia, sombria e melancólica, Maud perecia. Ele viu sua filha ir para o colégio e para o liceu da cidade, sempre cercada de um cordão de colegas sorridentes — mas as verdadeiras ameaças são invisíveis, ele pensava, e eles não podem protegê-la dessa maneira.

No dia 17 de janeiro de 1995, ele dormia no apartamento de Tóquio quando, às seis e meia, o telefone tocou. Ouviu Sayoko lhe dizer: Em Kyōto, tudo bem, mas Shigeru está sem notícias da mãe, as linhas estão cortadas. Ele se lembra de que a família do marido dela morava em Kōbe e pergunta: Qual intensidade? Ainda não disseram, ela respondeu, mas é grave. Levantou-se e ligou a televisão. Um terremoto grau 6 com magnitude de mais de 7 na escala aberta de Richter, dizia o apresentador, infelizmente o sismo ocorreu em pouca profundidade sob a ilha de Awaji e as ondas não tiveram tempo de se atenuar. As primeiras imagens davam conta de destruições dos edifícios, das estradas, da ponte rodoviária suspensa de Hanshin entre Osaka e Kōbe, assim como de grandes incêndios que queimavam a zona. Como todos os japoneses diante das mesmas imagens, Haru pensava: Os sobreviventes vão morrer calcinados, e ele tinha dificuldade para respirar. Deveria ter ido jantar com um cliente em Kōbe na véspera, dormir no hotel e pegar de manhãzinha um Shinkansen para Tóquio. No último minuto, o cliente cancelara o encontro, a sala que ele destinava ao biombo que lhe vendia Haru acabava de ser inundada — os tatames são esponjas, ele rira no telefone, venda-me, de preferência, estrelas-do-mar. Quando Haru conseguiu localizá-lo duas semanas mais tarde, ele lhe disse: Estamos vivos mas não tenho mais casa. Sabe quem nos distribuiu cobertores, fraldas, água e ramens instantâneos logo depois do terremoto? Não foram nem o governo, nem a prefeitura, nem a administração local, que levaram uma semana para se organizarem corretamente. Também não foram as potências estrangeiras cujas ofertas de ajuda nosso primeiro-ministro recusou com tanta polidez. Os que nos ofereceram algo para sobreviver no frio foram os yakuzas. Só pudemos contar com o povo japonês e com o Yamaguchi-gumi.

Haru doou uma quantia considerável para as vítimas do terremoto e mandou pessoalmente enviar alimentos aos sinistrados que conhecia. Mas a deflagração, para ele, não se situava ali. Após o cancelamento de seu cliente, resolvera partir para Tóquio no meio da tarde e lá jantou sozinho, como gostava, numa ramen-ya do bairro. Ali teve com Rose um diálogo interior que a cerveja gelada tornara delicioso. Alguns dias depois, analisando as imagens das redondezas devastadas de seu hotel em Kōbe, sentiu que o desastre de Hanshin-Awaji abria no tecido de sua existência uma brecha nova. Acreditava não temer a morte e ficava sabendo que isso era falso. Desaparecer sem que Rose o conhecesse dava vida à possibilidade de seu próprio aniquilamento. Pai desconhecido, ele se tornava homem mortal e sentia sua vida escurecer ainda mais.

Em junho de 1997, Rose passou no exame de fim de segundo grau, com boas notas, e ele foi ao Meidi-ya, em Sanjō, comprar uma garrafa de champanhe que abriu na mesma noite em companhia de Keisuke.

— É um nojo — disse o ceramista depois do primeiro gole.
— O que nos faz aguentar isso? Mais uma francesa na paisagem?

Haru não respondeu e passaram ao saquê. Rose foi a Paris para fazer seus estudos superiores e ele soube que ela se destinava à botânica. Na capital, morava no antigo apartamento de sua mãe, a dez minutos de caminhada da estação de Montparnasse, aquela onde se pegava o trem para a Touraine. As fotografias a clicavam numa diversidade de situações inéditas e Haru passava horas a observá-las. Rose tinha amigos, namorados, saía, se divertia mas raramente sorria. Um dia, uma foto a capturou na varanda de um café, com um livro aberto na sua frente, e outra a mostrava andando sozinha nas alamedas do Jardim do Luxemburgo. As duas fotos exibiam tanta tristeza que Haru começou a detestar Paris, seus edifícios arrogantes, seus jardins simétricos, seus ambientes de dourados e grades de ferro. Gostaria da cidade se Rose ali tivesse sido feliz? Duvidava, pois não gostava da arquitetura, achava que ela cheirava a poder e a orgulho. Percebia na filha uma harmonia de areia e musgo, prisioneira de um cenário inamistoso. Sentia bater nela um coração japonês que nada, nos arredores, lhe permitia compreender. Via-a carregando o lastro do sofrimento de sua mãe e da força de seu próprio sangue, era taciturna mas dura diante da desgraça, fechada mas singular, despossuída de sua vida mas inteira. Haru se perguntava quem, se ele ou Maud, no fim venceria e, assim como correm as nuvens, desvaneceu-se um decênio marcado por uma constância notável — negócios, mulheres, festas, relatórios e fotografias da França — até que chegou o ano de 1999 e, uma manhã, aportou em Kyōto um rapaz chamado Paul Delvaux.

Em outro lugar

Haru o encontrou na casa de uma cliente que morava no norte da cidade. Bem ao lado, havia o santuário de Kamigamo cuja proximidade com a natureza selvagem das montanhas setentrionais ele apreciava. Perambulou por ali esperando a hora do encontro. Na pálida bruma invernal — era dia 18 de janeiro —, os toriis ficavam parecendo uns arco-íris monocromáticos. Ao lado, a floresta virgem de Tadasu dava ao local seu caráter primitivo e sacro. Avistou duas corças ao longo das árvores e sentiu que a neve estava chegando. O primeiro floco caiu no instante em que ele batia à porta de Harada-san, uma jovem veio abrir e o introduziu na sala principal onde estavam a velha senhora e um rapaz ocidental. Estavam os dois sentados à mesa baixa perto da vidraça que dava para o jardim interno e Haru viu Paul pela primeira vez, tendo ao fundo bambus, samambaias e uma das mais lindas lanternas de pedra que ele já vira. A lanterna não se diferenciava das outras do mesmo estilo — Mizubotaru — mas possuía, segundo ele, proporções perfeitas. A casa era agradável, antiga e sublime, com grandes corredores, madeira por todo lado, alcovas enfeitadas de vasos magníficos, caligrafias esplêndidas. Harada-san quase nunca saía de casa mas o mundo ia de bom grado ver aquela mulher minúscula, eternamente sorridente e muito rica, que tinha paixão pelo chá e pela arte e se incluía entre os clientes de Haru aos quais ele não se preocupava em vender. Ia *passar um bom momento* com ela. Quando ela comprava, ele reduzia sua margem. Trabalhava para o grande negócio da arte e não para os negócios, cuja vanidade se diluía na perfeição da lanterna Mizubotaru.

Depois dos cumprimentos de praxe, ela fez as apresentações. O rapaz se chamava Paul Delvaux — ela custou a pronunciar o nome, ele o soletrou —, vinha da Bélgica, falava japonês e aceitara ser seu professor de francês. De francês?, espantou-se Haru. Um velho sonho, disse a senhora, e já não tenho tanto tempo assim para realizar meus sonhos, não é? A moça lhes serviu um copo de matcha e um nerikiri em forma de camélia e Haru pôs diante de Harada-san um objeto embrulhado em seda rosa.

— Ah! — ela disse. — Adivinho que nosso amigo Shibata-san está nessa história, não é?

Tomaram chá calados, admirando os flocos que caíam no jardinzinho, e Haru notou que o ocidental sabia se calar. Quando Harada-san pediu que retirassem o chá, ele lhe perguntou o que o trazia a Kyōto. O rapaz respondeu falando bem, lentamente, educadamente. Sua mulher e ele tinham estudado japonês em Bruxelas e se beneficiavam de uma bolsa de final de curso em Kyōdai, a mais prestigiosa universidade da cidade. Acrescentou que estavam no cerne de um sonho, ao que Harada-san refletiu que, sim, perfeitamente, era preciso sonhar — aliás, comentou, a própria vida talvez não seja mais do que um longo sonho. Novamente fez-se silêncio e ela desembrulhou o furoshiki rosa. Tirou uma caixa de madeira clara amarrada com uma fita trançada de algodão laranja. Abriu, retirou do estojo um vaso branco e Haru viu por todos os sinais de um longo convívio que ela estava encantada. Ela disse a Paul que o objeto era destinado a comemorar o quinquagésimo aniversário de sua morada naquela casa — um sacerdote de Kamigamo recitaria uma bênção, ela serviria chá e estava pensando em colocar o vaso sob uma caligrafia de um poema de Ryōkan. Mas eu queria uma criação de hoje, acrescentou, não é porque somos velhos que temos de renunciar à novidade. Ela sorriu um pouco no vazio. Observava o vaso. Pouco depois, disse: Ele está bem presente, e Haru se inclinou baixando os olhos. Em seguida, ergueu os olhos para Paul e reconheceu pelo olhar do rapaz aquela qualidade especial, concentrada e inconsciente de si, que temos nos encontros decisivos. Sentia-se a complexidade sob a casca civilizada e essa mistura de reserva e intensidade lhe agradou.

— Você se interessa por arte? — perguntou-lhe.

— Eu só me interesso por arte — ele respondeu.

— É de família, talvez?

— Venho de uma linhagem de pequenos industriais de Bruxelas, protestante para completar, e que não tem muito gosto pela forma das coisas — disse rindo. — Sopeiras austeras e vinho barato na mesa.

Falaram de várias coisas e depois Haru o cumprimentou por seu excelente japonês.

— Não tenho muito mérito, em Bruxelas meu melhor amigo vinha de Tóquio. Quando comecei meus estudos, nunca mais ele falou francês comigo. Mas minha mulher fala ainda melhor que eu.

Virou-se para o jardim, seus bambus e suas samambaias salpicadas de neve fresca.

— Vim aqui frequentar uma certa forma de arte e de cultura. Você pôs o resumo disso em cima desta mesa.

Olhou para o vaso.
— Quem é o autor?
— Keisuke Shibata, um ceramista de Kyōto — respondeu Haru —, mas também um amigo.
— Toda a herança de uma civilização passada pelo prisma de um só homem vivo — murmurou Paul.

Haru se despediu e foi andar debaixo da neve. Voltou para casa animado por uma curiosa leveza. Quando Sayoko foi lhe servir chá em seu escritório, ele lhe disse: Hoje tive um encontro interessante.
— Um rapaz da Bélgica — esclareceu.
— Da Bélgica? — repetiu Sayoko consternada. — Onde o encontrou?
— Na casa de Harada-san — respondeu.
Ela pareceu aliviada.
— Não há lugar melhor para um encontro — ela disse, aludindo às virtudes purificadoras da floresta ou, talvez, aos poderes do santuário contra todas as formas malignas do universo.
Sinal verde para um convívio com a Bélgica, pensou Haru, e depois disso ficou absorto em seus negócios e não pensou mais em Paul Delvaux. Saiu pelas quatro da tarde, foi encontrar Beth numa casa de chá perto da casa dela e, quando entrou no edifício, cruzou com o belga que ia embora. Estava acompanhado de uma moça, tão pequena e morena quanto ele era alto e louro, enrolada num mantô laranja. Clara, assim que seu marido a apresentou a Haru, falou um japonês de especialista, com uma fluidez e uma sensibilidade que o impressionaram.
— Você gosta de arte — ele disse a Paul —, venha então à minha casa no meu aniversário depois de amanhã, haverá amigos artistas, em especial o ceramista cujo vaso você viu hoje cedo.

Percebendo sua surpresa, acrescentou:

— Sei que não é muito comum convidar tão facilmente para a casa de alguém. Mas sou um pouco original, alguém lhe dirá.

Mais tarde, à noite, pensou com prazer na jovem belga — seria o mantô laranja, o fato de ela ser de língua francesa, o toque maroto em seu sorriso? Haru pensava nela e pensava em Rose e uma espécie de encanto se operava. Por volta da meia-noite, saiu para encontrar Keisuke num bar do centro e o viu em companhia de alguns frequentadores de sempre e de Jacques Melland, que ele cumprimentou com prazer. Pediu-lhe notícias do filho — Édouard está em Xangai, respondeu Melland, ele negocia muito bem com os chineses, é uma tarefa a menos para mim. Haru o achou com má cara e, depois de trocarem as novidades, Melland lhe disse algo que, na barulheira ambiente, ele não ouviu direito mas talvez tenha compreendido. Outros convivas chegaram, as cadeiras foram redistribuídas, Melland começou uma conversa com Tomoo e Keisuke foi desabar ao lado de Haru. O marchand lhe disse que Harada-san tinha gostado do vaso, que pensava que ela o adquiriria e o ceramista riu.

— Para colocá-lo debaixo de um lindo poema um pouco banal.

Mas, quando Haru retomou o caminho do Kamo-gawa varrido por um temporal de floquinhos desordenados, voltou a pensar nos versos de Ryōkan, em Clara Delvaux, em Rose e no jardim da casa de Kamigamo com uma sensação de grande frescor. Tomou um banho, leu um pouco e dormiu um sono tranquilo.

o jardim na calma
quando a camélia
oferece sua brancura

Para seu aniversário, encomendou camélias brancas que Sayoko, com uma concentração de atleta, arrumou num grande vaso escuro. Às sete da noite chegou uma turma liderada por Keisuke e depois outras se juntaram às primeiras, ao longo de toda a noite. Quando Beth entrou, Keisuke a cumprimentou bem baixinho.

— A Dama de Ferro — ele disse. — Quantos pobres-diabos seu império explorou esta semana?

— Pelo menos eu não ponho lindos poeminhas acima de suas obras-primas — ela disse.

— Que traidor você é — disse Keisuke a Haru.

Pouco depois apareceram os Delvaux e Clara causou em Haru a mesma impressão refrescante de dois dias antes. Ela usava um vestido rosa-pálido, simples mas elegante, e ele pensou em Rose e nas corças de Tadasu. A seu lado, alto, louro, reservado, Paul sorria, Haru os apresentou a alguns convidados e a noite prosseguiu. Amigos músicos tocaram koto e shamisen e, da cozinha, Sayoko mandou servir canapés à francesa que Keisuke cheirou desconfiado. Mas é de um chef japonês, lhe disse Beth, você devia sair da sua ilha, um dia — o mundo inteiro é uma ilha, ele retrucou engolindo uma torradinha com foie gras teriyaki. Na sua gaiola de vidro, o bordo vergava sob a neve, Haru ia de um grupo a outro mas se dava conta de que seu olhar se fixava em intervalos regulares em Clara e Paul — gosto da presença deles, pensou estudando a moça, que ria ao falar com Tomoo. Pelas dez da noite, Keisuke, completamente embriagado, entoou uma música tradicional de Ano-Novo cuja letra poética ele mudou para palavras indecentes e Haru viu Paul rir e beber muito sem nunca ficar bêbado.

Às onze horas, Jacques Melland bateu à porta da casa do Kamo-gawa e Sayoko, que ia embora, abriu. Ela levou a mão ao peito — você não me impressiona mais, disse-lhe Jacques Melland em francês, você é uma aliada, agora eu sei. Ela foi embora. Quando Haru o viu, foi até ele e se isolaram num canto da sala. Ali, falaram em inglês.

— Anteontem, no bar, vi que você não ouvia muito bem — disse Melland —, então vou lhe repetir na calma: é provavelmente minha última temporada em Kyōto.

— Não me surpreende — disse Haru —, vi o seu cansaço.

— Se fosse só o cansaço — disse Melland. — Seja como for, eu queria vê-lo para lhe dizer uma coisa que você já sabe mas às portas da morte temos caprichos inesperados, não sei por que isso me deixa tão falante, sempre tive horror às pieguices.

— Você gosta de arte e gosta do seu filho — disse Haru —, não são pieguices.

— Não sei nem sequer do que gosto — disse Jacques Melland —, mas, agora, quem se preocupa com isso? Seja como for, eis o que queria lhe dizer: minha vida só oferecia uma hora de fervor e eu a vivi graças a você.

— Em Shinnyo-dō — disse Haru.

— Em Shinnyo-dō — disse Melland —, sob os auspícios de um céu tendo ao fundo jardins que murchavam. É surpreendente que um lugar seja dotado de tamanho poder mas senti ali uma alegria profunda em que eu estava inteiramente de acordo comigo mesmo. E sabe o melhor da história? Sempre me considerei um insatisfeito que morreria ruminando seus remorsos. Ora, no momento em que me vou deste mundo, digo com deslumbramento: Esta hora, eu a vivi.

Bebeu de um só gole o copo de saquê.

— Compreenda bem, não é uma lembrança que eu rememoro com alegria, algo que tivesse me ajudado a viver todas as outras horas. Ela se tornou minha carne, meus ossos, meu sangue, passou inteiramente para dentro de mim. Eu sou esse breve e furioso fervor.

Parecia perplexo.

— Sei que isso parece insensatez.

— De jeito nenhum — disse Haru —, é tudo o que desejo a mim quando chegar o dia.

Melland bateu na mesa com o indicador.

— Antes de lhe dizer adeus, tenho um favor a lhe pedir.

— Estou às ordens — disse Haru.

— Gostaria que ficasse de olho em Édouard. Receba-o, aconselhe-o, ele tem tudo a aprender com um homem como você. Ele não é muito equilibrado mas tem estofo, você vai ver.

— Claro — disse Haru —, pode contar comigo.

Melland encostou-se no sofá como um homem que relaxa depois de um longo dia. O tempo não é nada, pensou Haru, só subsistem os instantes notáveis, todo o resto se desvanece e eis-nos aqui a contemplar os pilares que emergem do nevoeiro.

— Você ainda tem a minha pequena escultura? — perguntou Jacques fazendo alusão à moldagem de deusa primitiva que ele oferecera a Haru vinte anos antes em agradecimento aos versos de Rilke.

— Claro — disse Haru —, é uma moldagem do Louvre, não é?

— O original, que foi encontrado em Lespugue, na Haute-Garonne, tem mais de vinte mil anos — disse Jacques —, e se parece com algumas de suas estátuas dogū. Sei que você não se interessa muito pela arte ocidental mas essas obras são a raiz primeira da arte, elas não têm nacionalidade, não pertencem a nenhum território. Em seguida, tudo se ramifica e cada um gosta de reconhecer nelas seus filhotes, mas essa evidência de que tudo venha da mesma matriz original, do desejo universal de dar forma a uma matéria, sempre me emocionou.

Riu um riso meio debochado.

— Contrariamente a você, tenho pouco gosto por minha própria cultura, sou inteiramente devotado à sua.

— Falta-me imaginação ou audácia — respondeu Haru —, eu o admiro por ser capaz de apreciar o que não lhe é familiar.

O francês se misturou aos convidados, bebeu muito, riu igualmente muito, espetou uma camélia na lapela e se despediu pouco depois da meia-noite acenando com a mão como se fosse voltar no dia seguinte. Haru o seguiu com os olhos e então, fixando-os em Paul, pensou de repente: Sou japonês mas procuro a estranheza — ou talvez seja o contrário, só me arranco de mim mesmo para a mim voltar, incessantemente, estou condenado a percorrer incansavelmente o mesmo círculo. Foi se sentar ao lado do rapaz e de Keisuke que conversavam encostados na gaiola do bordo.

— Os belgas são menos idiotas do que eu pensava — disse o ceramista apontando para Paul. — Ele fala bem, bebe bem, vê bem, tudo isso com apenas vinte e dois anos.

Diante de Haru, a brancura refinada das camélias se misturou ao vento de tristeza e doçura que soprava sobre ele.

— Do que estavam falando? — perguntou ele a Paul.

— Do vaso dele — respondeu o rapaz. — Eu não sabia que era possível ser moderno e antigo ao mesmo tempo. Só na presença de uma obra verdadeira pode-se compreender isso realmente.

Keisuke resmungou, inclinou a cabeça para o lado e começou a roncar.

— Você é tudo o que eu gostaria de me tornar — disse Paul a Haru.

Disse isso calmamente, sem se exaltar, mas Haru tinha tomado sua decisão.

— Então venha trabalhar para mim — ele disse.

Dois meses depois, Haru recebeu uma carta de Édouard Melland. Meu pai morreu, ele escrevia, mas logo antes de ir embora me pediu para lhe dizer uma coisa que transcrevo tal qual: Compreendo a raposa. Haru meditou sobre esse retorno do conto de Heian entre os temas de sua vida, bem na hora em que ela ia dando, com a presença de Paul e de Clara, uma guinada. De fato, sempre que em sua carreira ele conjugara sinceridade e cálculo, a equação tinha sido vitoriosa. Paul lhe agradava, era belga, protestante, falava japonês, amava a arte, sabia beber e se calar: devia ser possível torná-lo um marchand. Para completar, era jovem e Haru o pressentia hábil sem ser dissimulado — de todos os pontos de vista, portanto, a aposta parecia sensata.

— O que devo conhecer? — Paul perguntara na noite do aniversário.

— Três coisas — respondera Haru. — Cultivar o silêncio. Jamais apressar alguma coisa.

Calara-se, Paul esperara e depois sorrira.

— E ser pontual, imagino.

Haru o levou para todo lado, o apresentou como seu assistente. Quando lhe perguntavam, como quem não quer nada, por que escolhera um belga, ele sorria e dizia: É um país pequeno. Balançavam a cabeça sem entender muito bem mas Haru via que sua resposta inspirava confiança. Se percebia alguma resistência, acrescentava: Uma pequena ilha na Europa, e conseguia conquistar a adesão. Na verdade, a Bélgica imprimia aos seus negócios um toque exótico no momento em que ele sentia que, para durar, era preciso renovar-se. Paul Delvaux falava devagar, aprendia depressa, sentia um visível prazer na arte da negociação. Observava, jamais intervinha, aprendia a sorrir, a se inclinar e a baixar os olhos no ritmo adequado. Os japoneses, passado o espanto inicial, apreciavam sua discrição e achavam muito chique o que, a princípio, tinham considerado esquisito. Que um ocidental fosse tão pouco falante e não discorresse sobre si mesmo constituía uma anomalia positiva que anulava o potencial negativo da primeira. E Paul continuava a se calar e a beber com tato.

Mas quando Haru e ele estavam sozinhos, no depósito ou na casa do Kamo-gawa, falavam. Falavam das obras, dos clientes, dos preços e dos mercados, depois falavam de coisas diferentes, da arte, da vida, e, com uma naturalidade surpreendente, de si mesmos. A esse exercício que Haru já praticava com Keisuke e Tomoo, Paul acrescentava uma janela para um novo mundo que o relaxava. Isso não tomava a forma de confidências ou monólogos, conversavam abertamente, tais momentos eram para cada um deles um presente que davam ao outro tanto quanto a si próprios. Aliás, tinham consciência de que isso só era possível porque eram estrangeiros um diante do outro, e essa estrangeirice anulava a relação hierárquica que tinham pela idade e pela função. No trabalho, usavam os pronomes adequados e não deixavam transparecer que se tratavam de "você" quando estavam sozinhos. No dia 20 de outubro de 1999, vigésimo aniversário de Rose, Haru levou Paul ao seu escritório. O rapaz descobriu, primeiro, a vista para o rio e para as montanhas, e depois, se virando, as fotografias nos painéis de cipreste. Aproximou-se e as examinou em silêncio, Haru acendeu um cigarro e serviu saquê, Paul foi se sentar diante dele e beberam, sempre em silêncio.

— Sua filha — disse enfim Paul.
— Ela faz vinte anos hoje — disse Haru.
— Ninguém sabe? — perguntou Paul.
— Só Sayoko.
— E senão?
— Ninguém.

Ele contou tudo — Maud, a proibição, a investigação, o fotógrafo, Paule, a guinada, os gatos e as sombras. Contou os dez dias com a francesa, falou de Emmanuelle Revers, repetiu suas palavras finais. Falou do orgulho de ser pai, do terror depois do suicídio de William e do terremoto de Kōbe.

— Compreendo melhor a dureza de Beth — disse Paul.

Haru se sentia exausto mas uma estranha euforia o percorria.

— Espero isso há anos — ele disse. — Você pode carregar esse fardo?
— Esse fardo? — repetiu Paul.

Ele riu.

— Mas é um presente — ele disse.

Assim começou uma era feliz. O que Haru não pudera fazer com Emmanuelle Revers tornara-se possível com um homem pois Paul também, no rastro de Clara, se guiava graças ao caminho das mulheres. A cada encontro, Haru gostava um pouco mais da jovem belga, de humor igualmente alegre, delicada mas simples, engraçada e com um toque sofisticado de travessura. Ela oferecia a Paul uma vida fácil e luminosa, apreciava a vida do espírito, administrava o dia a dia com pragmatismo e, o que Haru achava ainda mais bonito, assegurava tudo mas não queria controlar nada. Pouco tempo depois da revelação da existência de Rose, ele disse a Paul: Você pode falar disso com Clara, ao que Paul respondeu que não tinha segredos com sua mulher a não ser os dos outros e acrescentou rindo: Mas ela garante que sou a criatura mais secreta que ela conhece. E era. Não dissimulava nada mas era habitado por uma complexidade tão densa que lhe escondia, e aos outros também, pedaços de sua própria interioridade. Não contava apenas sobre sua família — onde se sufocava —, seus estudos de japonês — iniciados para seguir Clara —, sua chegada ao Japão — onde logo se sentiu ancorado —, mas também falava de seus gostos, reflexões, dúvidas e interrogações. Cada trimestre, enfim, percorriam juntos os relatórios e as fotografias da França e Paul acrescentava pontos de vista desconhecidos de Haru. Aos kamis e yōkais de Sayoko, às suas próprias intuições, acrescentavam-se luzes ocidentais que construíam pontes entre a depressão de Maud e a linguagem das raposas de montanha.

Quase dois anos depois do primeiro encontro, Haru o levou a Takayama. Era outubro, breve Rose faria vinte e um anos, estava um lindo tempo e o carro deslizava entre as vertentes avermelhadas e os picos imaculados. Seus pais e irmão tinham ido a um enterro, a casa na margem do rio estava deserta e, no meio da torrente, a grande pedra coroada de musgo de outono parecia rachar ao meio as águas revoltas. Haru contou a Paul que crescera vendo a neve cair e derreter em cima daquela pedra e que a rocha, as árvores, as cascatas e o gelo tinham feito toda a sua vocação. Contemplaram os redemoinhos, Paul se ajoelhou e tocou com a palma da mão a terra das margens onde tinham ido cair folhas de bordo carmim.

— A forma é a beleza da superfície — disse ao se levantar —, é certamente o que me agrada tanto aqui, o Japão me salva de minhas profundezas.

No trem de volta, enquanto Paul dormia Haru meditou sobre suas palavras ao mesmo tempo que outras lhe voltavam inopinadamente à memória: *Infelizmente o sismo ocorreu em pouca profundidade sob a ilha de Awaji e as ondas não tiveram tempo de se atenuar.* Mas é exatamente isso, ele pensou, é exatamente a alma japonesa, por nossa terra e por nosso destino estamos condenados a ficar perto da superfície e, cortados de nossa profundidade interior, enfrentamos frontalmente os desastres e os cataclismos. Depois, quando a desolação já foi semeada, transformamos o pesadelo em beleza e olhamos o fundo do céu que murcha. Nesse instante, pensou em seu pai e refletiu: Na saúde, na doença, nunca fomos íntimos, ficamos perto da superfície e tudo, em minha vida, foi esculpido por essa impossível profundidade.

Paul jamais comentava as decisões de Haru. No trabalho e em relação a Rose, ele escutava e, no fim, às vezes, fazia uma pergunta. Como marchand, compreendera tudo — a maneira, o estilo, os obstáculos e as astúcias: ele era excepcional. Uma noite em que estavam com Tomoo e Keisuke num bar, o ceramista disse olhando para ele e depois para Haru:
— Mesmo modelo.
Vendo que o rapaz franzia um cenho interrogativo, acrescentou:
— Você também é um canalha, no seu estilo mais delicado, menos brutal, e além disso você é belga, a gente não vê quando vai dar o bote. Se fosse francês, seria mais legível, os franceses são tão previsíveis. Mas também vai espremer a arte como um limão, antes de jogá-la na vala de suas ambições frustradas.
— Que ambições? — indagou Paul.
— É o que lhe pergunto — disse Keisuke —, mas felizmente a sua mulher o salva.
— E a mim — disse Haru —, o que me salva?

— Alguma coisa — disse Keisuke — mas você me esconde.
Quando ficaram sozinhos, Paul perguntou a Haru por que jamais falara de Rose ao ceramista.

— Ele perdeu dois filhos — respondeu Haru —, e eu lhe contaria meus fracassos de pai?

— É um amigo.

— Temos com cada amigo uma relação diferente — disse Haru —, não me peça para explicar, a explicação é uma doença ocidental.

Festejaram a passagem ao ano 2000 em Shinnyo-dō, onde toda Kyōto se juntou, inclusive Beth que não gostava de festividades. Naquela noite, Tomoo lhes apresentou Akira, um antigo dançarino de butô da mesma idade que ele — uns sessenta — e que acabava de se mudar para o veleiro. Quinze anos tinham se passado desde a morte de Isao e Keisuke pôs a mão fraterna no ombro de seu velho amigo. Akira, que havia sido um imenso dançarino, parecia um velhinho suave e sorridente mas, quando se levantou para fazer uma paródia de kabuki, todos sentiram a potência que emanava daquele corpo por muito tempo acostumado a sondar as escuridões. A própria paródia era de morrer de rir e Haru gostou de observar Clara e Paul às gargalhadas. Houve outras diversões — piano, cantos tradicionais e obscenos — e depois, por volta da meia-noite, um tocador de shakuhachi foi equilibrar o duelo das alegrias e das gravidades que era a marca registrada do veleiro, despejando sobre a assembleia as notas trêmulas e melancólicas de seu instrumento. À medida que os convidados menos íntimos iam embora, a noitada mergulhou numa bruma de saquê e de amizade em que Haru, sentado de costas num tabique, deixou-se ir à deriva. Falaram, beberam e brindaram à compra por Clara e Paul de uma pequena casa perto de

Kamigamo — quer dizer que vocês se implantam definitivamente entre nós?, perguntou Beth. Paul trabalha para Haru, eu tenho minhas horas de aulas de francês na universidade, estamos além do nosso sonho, respondeu Clara, acrescentando: Vista daqui, a Bélgica é mais tristonha do que nunca. No entanto, é um país pequeno, disse Paul e todos que conheciam as brincadeiras de Haru riram de bom grado. Às quatro horas, Beth e Clara foram embora, Akira foi dormir e só ficaram bebendo Paul, Tomoo, Keisuke e Haru — o último quarteto, pensou o marchand, finalmente tudo se resume sempre a um último quadrado que conjura as escuridões. Quando os outros adormeceram nos tatames, ele foi a pé, em companhia de Paul, para a casa do Kamo-gawa. Ali, conversaram e beberam mais, até que o rapaz se levantasse e fosse examinar no painel de madeira as últimas fotos da França. Rose, que se tornara engenheira agrônoma, fazia em Paris pesquisa em geobotânica. No correr dos anos, ela continuava idêntica, afiada e austera, sombria e o tempo todo raivosa. Tinha muitos amantes que ela mandava embora diligentemente, Haru a achava bela e singular, íntegra e desesperada, mas via que, nela, a raiva cedia, aos poucos, lugar para a indiferença. Quando a aurora despontava, abriu-se com Paul, que ficou pensativo — a tristeza está ganhando terreno, disse enfim. A noite morria, o bordo oscilava levemente, a remanência das notas de shakuhachi o envolvia com uma seda invisível, doce e grave. Quando Paul se foi, Haru contemplou seu rio, acima do qual dançavam flocos minúsculos. Tudo em sua vida lhe parecia imóvel, as estações do ano passavam, Kyōto mudava e era a mesma, sem idade e nova como a água viva, os Delvaux tinham rompido o ciclo das maldições mas nada nem ninguém parecia capaz de quebrar o das proibições. Ele se preparava para ir tomar banho quando surgiu Sayoko num quimono cheio de montanhas nevadas, o rosto inabitualmente animado. Ela pôs sobre a mesa baixa do bordo uma bandejinha com mochis frescos, foi preparar o chá e voltou para se sentar diante de Haru.

— Ela se chama Sora — disse —, nascida no primeiro minuto do dia 10 de janeiro do ano 2000.

— Ei-la avó — Haru a parabenizou —, fico feliz por você.

Beberam chá em silêncio, na conivência de um convívio de dois decênios. Uma recém-nascida no Ano-Novo, pode haver melhor presságio?, perguntou-se Haru e, de repente, pensando que sua filha teria um dia filhos, foi tomado por uma vertigem que o fez esquecer Sayoko. Desculpe?, disse ele ao se dar conta de que ela estava falando.

— Você não quereria um motorista? — ela lhe perguntou.

— Um motorista? — ele repetiu sem entender.

— Um motorista — ela reiterou, e ele soube que qualquer resistência era inútil.

No dia seguinte, apresentou a Haru o motorista pressentido só por ela. Masa Kanto, que todo mundo chamava de Kanto, era o filho temporão de sua terceira irmã, considerado levemente deficiente — era apenas um pouco autista, diria Paul — mas dotado para a informática e que trabalhava em casa, em Tóquio, ao sabor das missões que lhe confiavam e no ritmo que lhe convinha. Sayoko encontrara para ele um pequeno apartamento com uma garagem perto de Hyakumanben, a cinco minutos da casa do Kamo-gawa, bastava Haru lhe telefonar, ele iria e tornaria a partir para seus computadores quando acabasse o serviço. A bem da verdade, o marchand não estava descontente com a ideia de abandonar os táxis superaquecidos, as conversas dos taxistas, já conhecidas, e seus cheiros de velho obentô, e o que se seguiu provou que Kanto dirigia bem, sabia se calar e conversar, vivia contente com a própria sorte. A ausência de horário e o trabalho lhe agradavam — senão, eu passaria o dia inteiro em casa comendo bobagens de konbini, ele dizia. Mais ainda, ele adorava Kyōto e, pouco a pouco, Haru o levou aos templos, aos jardins, aos cafés e, às vezes, aos restaurantes. Um dia, perguntou-lhe do que tinha gostado no Pavilhão de Prata e Kanto respondeu: Dos lagos. Por quê?, indagou Haru. Eles são *exatos*, respondeu, e Keisuke, que estava no carro, riu e disse: Foi isso que eu perdi no meu último desenho. Haru, distraído, sentia que alguma coisa tinha balançado. A brusca compreensão de que as linhagens prosseguiam no futuro como ele as vira se perpetuarem no passado de seus ancestrais transformava o tempo. Ele olhava para Kanto, escutava Sayoko lhe falar da neta e pensava: Nado numa corrente invisível e perpétua onde está também minha filha, cada um para a eternidade, num lugar exato que é inútil esperar mudar.

Todo ano, o último descendente de outra linhagem, Édouard Melland, chegava para uma longa temporada no fim da primavera e no fim do outono. Falava bem japonês e dizia só viver os outros meses do ano para aqueles dias passados em Kyōto. Um dia, na casa de Haru, onde Beth também estava, explicou que suas temporadas na China eram o inferno que justificavam Kyōto e Haru viu que ela olhava para ele com atenção. Pouco depois, o francês contou que o pai, nove anos antes, pedira que pusessem em seu caixão camélias brancas. Não sei por que eu não lhe disse isso antes, ele disse a Haru, mas eu era obcecado pela missão de lhe transmitir as palavras da raposa e, após um silêncio: Em seguida, tive medo de voltar a lhe falar disso. Como resposta, Haru lhe contou a história da raposa e da dama de Heian — essa história é muito poderosa mas não sei a razão, acrescentou e, pensando em Emmanuelle Revers: A amiga que tinha a chave dessa história também morreu. Édouard foi embora, Haru teve a sensação de que alguma coisa, em algum lugar, havia *mudado*, mas não pensou mais naquilo e foi jantar com Tomoo, Akira e Paul no Kitsune, um yakitori-ya recém-aberto pertinho do veleiro. A monção se aproximava, estava fresco, uma garoinha escurecia as montanhas do Leste. O yakitori-ya, mantido por um senhor de Kyōdai, recebia estudantes ou gente do bairro que não conheciam Haru e não estavam preocupados em conhecê-lo. O lugar parecia um celeiro de infância onde, entre cartazes de mangá, placas publicitárias de metal enferrujado e figurinhas de super-heróis, tivessem sido alinhadas garrafas de saquê formando uma muralha contra a fumaça dos grelhados. As paredes eram pintadas de preto, um punhado de lâmpadas suspensas iluminava mal e porcamente a sala, suas mesas de madeira escura, seus engradados de cerveja na escada, seu telefone de disco em cima do balcão. Sobretudo, ali se serviam brochetes perfumadas e molinhas, e, segundo Keisuke, a melhor salada de frango da cidade. Paul avisara que chegaria tarde, e por isso Haru, Tomoo e Akira pediram, para esperar, cervejas geladas e edamames. Na atmosfera incerta, misteriosa e fresca que precede a monção, o início da noite pareceu delicioso para Haru até que, por volta das oito horas, Sayoko o chamasse para um detalhe de gestão e, logo antes de desligar, lhe dissesse: Está estranha a atmosfera desta noite. Como sempre, ele pensou na França e em Rose mas Paul apareceu, pediu uma garrafa de saquê dizendo: Tenho uma coisa para anunciar a vocês, e depois de se servir de saquê: Clara está grávida, nossa filha vai nascer em janeiro. Como sabe que é uma menina?, perguntou Tomoo. Eu sei, só isso, Paul respondeu e olhou para Haru. De pai para pai, pensou o marchand, e, vendo-se em equilíbrio numa crista estreita traçada entre alegria e dor, levantou seu copo dizendo: Invejo nessa menininha os melhores pais do mundo. Sentiu-se invadido por um profundo bem-estar. Estava feliz por Paul e aliviado porque a premonição de Sayoko não dizia respeito a Rose. Via uma brecha se abrir no futuro, emocionado de ser a testemunha e o amigo, interessado na criança anunciada, convicto, ele também, de que seria uma menina. Curiosamente, a próxima vinda a Kyōto dessa pequena estrangeira conjurava a apreensão que ele sentia em pensar no destino da sua em Paris. Voltou para a casa do Kamo-gawa, tomou um banho e dormiu ninado por uma sensação de plenitude e excitação misturadas. Na manhã seguinte, encontrou Sayoko na sala do bordo, com seu rosto alongado dos maus dias.

— Clara está grávida — disse.

Sayoko franziu a testa

— Vai ser menina? — perguntou ela.

Ele fez sinal de que sim. Ela fungou.

— O que há? — perguntou ele.

— Não sei.

Ele trabalhou toda a manhã no escritório, envolto na sensação de plenitude da noite e, quando Paul telefonou antes de partir para Tóquio, ele lhe repetiu: Estou feliz por vocês. Clara também, respondeu Paul, rindo, está feliz por nós dois embora caiba a ela fazer todo o trabalho. Era o dia 20 de junho, fazia frio, Haru desligou e uma chuva diluviana começou a cair. Ele se arrepiou, seu humor mudou e ele repensou no que Édouard lhe dissera na véspera sobre as camélias brancas no caixão do pai. Imaginou Jacques Melland pálido e imóvel, com uma gravata à Lavallière em volta do pescoço, braçadas de flores frescas sobre o peito, na calma da última brancura. Era um viajante, ele pensou, que fora buscar no outro extremo do mundo a matéria de sua última morada — mas eu, eu nunca deixei meu arquipélago, embora a razão de meu coração se encontre igualmente do outro lado da noite. Cansado de suas próprias mudanças de humor, quis se levantar mas Sayoko, com ar preocupado, entrou na sala e, na mesma hora, seu celular tocou. Ele respondeu diante dela e ouviu a voz de Akira lhe dizendo: Tomoo acaba de morrer.

No velório estavam os íntimos de Tomoo. Agora era pouco frequente que o velório fosse realizado em casa, mas mesmo assim ele se deu no veleiro de Shinnyo-dō e Hiroshi, irmão de Keisuke, oficiou. Os pais e a irmã de Tomoo haviam morrido e poucos familiares se juntaram à cerimônia. Haru, sentado perto do piano e do corpo de seu amigo, sentia-se destruído, repleto de tristeza e solidão, e Keisuke, resumindo tudo, murmurou: E a terra, só, na noite de cobalto,/ cai de entre os astros na amplidão vazia. Na calma terrível da sala, Haru, diante da foto de Kazuo Ōno, não imaginou beber e falar como o tinham feito para Isao. Pensava: Nós acreditamos que somos mais fortes mas a morte nos habita. Lá fora caía uma chuva torrencial. Ele se sentia mal mas não podia chorar. Sondava suas escuridões.

Metade da cidade foi ao funeral, e todo mundo deu os pêsames a Akira. No fim, ele tomou a palavra, agradeceu a todos e disse algumas frases no silêncio gélido da funerária: Ele não sofreu, não se viu morrendo, se apagou na poltrona onde se apagara seu primeiro grande amor. Eu era o segundo. Não haverá outro. Estavam presentes muitas pessoas da televisão nacional, vindas de Tóquio, Osaka e até de Sapporo onde, segundo a regra de rodízio da NHK, Tomoo trabalhara sucessivamente, sempre brilhando a partir de sua base, a partir do veleiro a respeito do qual, justamente, Keisuke disse de súbito: Não podemos ir a Shinnyo-dō sem nosso Tochan. Combinaram de se encontrar na casa de Haru. Beberam atrozmente, incapazes de falar ou de rir, e dormiram aqui e ali no salão. O único a ir embora durante a noite foi Paul, e Haru foi tomar um banho solitário. Na água, a tristeza o submergiu e, com ela, uma nova constatação — ele não se viu morrer e nós não nos vimos envelhecer, em pouco tempo serei um velho para minha filha. Sae, Yōko, Ryū, Tarō, William e Isao tinham morrido jovens ao passo que seus velhos pais, em Takayama, ainda viviam. Jacques Melland, dez anos mais velho que ele, poderia ter sido o primeiro aviso mas era um estrangeiro e havia feito a última viagem longe do dia a dia de Haru. A morte de Tomoo, em compensação, transformava radicalmente esse dia a dia, mudava o número dos homens, o equilíbrio dos lugares, a textura do tempo e, pela primeira vez na vida, Haru pensou em sua idade.

Encontraram-se em Shinnyo-dō num dia da semana seguinte para baixar à terra as cinzas do amigo. Ele teria detestado que eu jantasse sozinho falando com uma urna, dissera Akira a Keisuke para justificar não ter respeitado os quarenta e nove dias de praxe. Com os cadáveres a gente tem de andar depressa para não ter mais que a morte como motivo de meditação, lhe dissera, em troca, o ceramista. Na manhã de 28 de junho, Akira, Keisuke e Haru pegaram o caminho do cemitério. A casa deserta de Tochan tinha ares de mausoléu, eles não se demoraram ali, Haru soube que não voltaria lá. Chovia um pouco, o dilaceramento de ter de dar adeus a trinta anos de vida amigável se ornava de pinguinhos tremelicantes, eles iam andando por um caminho de desolação, frio e lamacento, esmagado de lembranças. Diante do túmulo, ficaram mudos, vazios e idiotas, depois pegaram a direção de Kurodani e chegaram ao alto da grande escadaria. A seus pés, a cidade, espalhada como uma lava de concreto entre suas alturas, zumbia indiferente. Enquanto a contemplavam, com o olhar triste, Keisuke disse: Desta vez, o saquê não nos salvará mas Kyōto, sim, e sentiram difundir-se em si mesmos o poder benfazejo da cidade. Na semana seguinte, Haru voltou com Paul para o passeio semanal no circuito de Shinnyo-dō. Ao pé da escadaria, parou ali onde ficara sabendo por Melland da existência da filha, pensou que suas próprias cinzas lá repousariam e, ligando assim seu destino ao de Tomoo, tornando vizinhos seus túmulos e seus mortos, cúmplices, acalmou-se. Jantaram no yakitori-ya da última vez e ele teve a certeza de que Kitsune, enclave protegido da infância, preservava os momentos felizes.

Na manhã seguinte, bem cedinho, Naoya ligou e lhe anunciou que seu pai — como Tomoo — tinha morrido dormindo. Haru pegou o primeiro trem para Takayama, alugou um carro na estação, foi deixar suas coisas em Kakurezato e juntou-se aos seus na funerária. No enterro apresentou-se uma multidão impressionante de cervejeiros, comerciantes, amigos mas também homens e mulheres que Haru não conhecia. Todos o cumprimentaram de um modo que dele fazia, em partes iguais, um filho daquela terra e um homem que tivera sucesso, e ele soube ser admirado ao mesmo tempo que excluído daquela assembleia bondosa. Sua mãe carregava o retraimento e a melancolia que ele sempre conhecera e que o luto reforçava. A certa altura da cerimônia, ela chorou sem fazer ruído, os ombros sacudidos por sobressaltos. A mulher de Naoya lhe pôs a mão no braço e ela continuou a chorar em silêncio. Haru se lembrou de sua temporada nas montanhas quando soubera da doença do pai. Em seu espírito obscurecido, o sabor dos cogumelos se matizava de ensombreados e de terremotos mas, enquanto ele queria fugir daquela cena assombrada por fantasmas, as estrelas, guiando-o para a via de seus ancestrais, o retiveram. Hoje, pai e, um dia talvez, avô, imaginando o antepassado que por sua vez ele se tornaria, via sua vida inscrever-se na totalidade do tempo onde se repetia incansavelmente — entre seus pais e ele, entre ele e sua filha e, breve, entre sua filha e seus próprios filhos — a mesma cena de silêncio e solidão.

Ficou três dias em Kakurezato, dedicou tempo à mãe, reviu primos e velhos companheiros, falou da cervejaria com Naoya, andou pela montanha pensando em Tomoo. Na manhã do quarto dia, pegou o caminho da estação serpenteando o vale entre os arrozais inundados, casas modestas, galpões e os pequenos santuários perdidos na chuva. A vegetação abundante, os pomares luxuriantes, as pedras brancas reveladas pelas águas baixas do início do verão davam a seu périplo um sabor redobrado de candura e infância. Desacelerou e se pôs em marcha lenta para, enfim, encontrar a paz. Ultrapassou o santuário familiar, abriu a janela, deixou o ar úmido e quente lhe varrer o rosto, fundiu-se na acolhida de suas montanhas. Depois de um momento dirigindo na familiaridade das coisas, algo mudou e ele se sentiu *em outro lugar*. O cenário costumeiro se extinguiu, inscreveu-se numa tela mais vasta, impalpável mas presente, de um mundo novo. Nessa paisagem sem horizonte, ele entrou em si mesmo, ali descobriu um território imenso e pensou: Assim, o outro lugar é aqui.

No dia 10 de janeiro de 2009, dez dias antes do sexagésimo aniversário de Haru, nasceu a filha de Paul e Clara. Ele foi à maternidade conhecer a recém-nascida que se chamava Anna Rose Yōko — Rose para a minha avó, Yōko para Keisuke e Anna para uma vida romanesca, esclareceu Clara. Paul não disse nada mas sorriu. A força da vida que emanava do bebê fascinava Haru. No outro lado do mundo, sua filha também vivia, e ele recebia o eco de sua vida com uma força e uma tristeza intensas. Alguns dias depois, Beth foi a Kamigamo e levou lindos presentes. No vestíbulo, apertou a mão de Paul e lhe disse com uma afeição sincera: Clara e Anna o condenam à felicidade. Na noite de seus sessenta anos, Haru deu uma grande recepção voltada para seus negócios e Paul, de olheiras, desempenhou impecavelmente seu papel. Desde o início ficou evidente que Anna seria morena e graciosa como a mãe e o jovem belga fez a observação a Haru de que os dois eram pais de uma filha que não se pareceria com eles. Sayoko estava louca pela menina, ria com ela quando o pai a levava à casa do Kamo-gawa mas continuava a observá-la de seu jeito vigilante e obstinado. Apesar disso, o ano se passou sem acontecimento notável e, na madrugada de 2010, Haru, aliviado, pensou que tinham se livrado do pior. No domingo 10 de janeiro, Paul rapidamente foi deixar uns documentos e seguiu com a família para o Kokedera para o primeiro aniversário de Anna. Ao voltar, disse: É a estação das brumas, tudo está sublime, e Haru reservou um horário de visita para a semana seguinte. Fazia uma eternidade que ele deixara de ir ao templo dos musgos e, na manhã de 17 de janeiro, Kanto o levou a Arashiyama, a oeste da cidade. Durante o trajeto, conversaram e Haru descobriu com divertida surpresa que Kanto gostava do nô.

— Eu achava que as jovens gerações high-tech não se interessavam — ele disse —, são sobretudo os velhos como eu que vão às representações.

— Eu adoraria ir ao espetáculo de Takigi-Nō em junho — disse-lhe Kanto.

Era um festival anual ao ar livre, no imenso pátio do santuário de Heian, onde se apresentavam as trupes dos dois teatros nô da cidade. Ao cair a noite, acendiam grandes tochas. Haru nunca tinha ido.

— Do que você gosta no nô? — ele perguntou.

— Da verdade, respondeu Kanto.

Chegaram em cima da hora diante da entrada do Kokedera e a porta se abriu para os visitantes, um punhado de aposentados armados de câmeras fotográficas gigantescas, que Haru cumprimentou educadamente. Todos seguiram o monge até o salão onde se sentaram sobre tatames e onde se procedeu ao ritual de praxe do sutra do coração — canto e escrita — antes de distribuir finas lâminas de madeira nas quais lhes pediram para escrever um desejo. Haru, que não tinha ido lá para isso, pôs a lâmina no bolso perguntando-se o que Rose pensaria daquele rito que, em geral, ele apreciava, e um embrião de ideia germinou em seu espírito. Nesse instante, foram liberados e puderam ir para fora, onde os levaram ao outro lado do muro interno e onde, finalmente, os deixaram no bosque adjacente ao templo. No chão, um musgo espesso, aveludado e quase fosforescente, corria sobre as raízes e as pedras. Mais adiante, uma clareira abrigava um lago do qual subiam as brumas leves do inverno. Ao redor, os galhos pretos de janeiro caligrafavam um poema secreto. Haru se enfiou nas franjas do bosque e perambulou sob os fragmentos de sol pálido. Parou, ergueu os olhos para os frondosos ciprestes e para os bordos nus. Eles estão imóveis mas engendram a vida, pensou, ao passo que nós arrancamos nossas raízes para escapar de nossa sombra. Depois, na linha do que compreendera ao deixar suas montanhas após a morte do pai, pensou: O outro lugar é aqui, na transformação.

Terminou o passeio e saiu de lá a contragosto. A terra do Kokedera acalmava os lutos, purificava o amor, salpicava de poeira cintilante a trama da vida — é uma terra mágica, ele pensou, uma terra de metamorfose. Pensou em Anna e em Rose, se pôs a imaginar que um dia elas se encontrariam e, pela primeira vez em muito tempo, se sentiu profundamente feliz.

No dia seguinte, contou sua visita e sua esperança a Paul. Na semana passada, Anna ria às gargalhadas, disse o rapaz, elas irão juntas quando estivermos muito velhos para andar. Passaram o resto da manhã trabalhando. Pelo meio-dia, enquanto bebiam um café diante da gaiola do bordo, Paul recebeu uma chamada de Clara. Desligou, com expressão preocupada. O que há?, perguntou Haru. Não sei mas tem algo que não vai bem, disse Paul. Anna?, perguntou Haru. Não, ele respondeu, e foi embora. Haru, inquieto, acendeu um cigarro e a tarde se passou numa incerteza dolorosa. Sayoko tinha tirado folga e ele se lamentou de não ter por perto sua bússola das maldições. Às oito da noite, Paul ligou. Clara tem um câncer, ele disse, por ora não se sabe mais que isso, haverá outros exames esta semana. Estou aqui, tranquilizou-o Haru. Dias mais tarde, Paul lhe disse: É um câncer de gravidez, que ataca mulheres jovens com crianças de pouca idade, é muito agressivo. Estou aqui, repetiu Haru, mas sabia que seus amigos estavam sozinhos. Falou com seus conhecidos para encontrar os melhores médicos e os melhores cuidados mas era impotente para quebrar a solidão em que a doença trancava Paul e Clara. Os primeiros meses de tratamento estafaram a moça, Sayoko, amarga profeta, se transformou em boa fada quando tomava conta de Anna, Paul continuou a trabalhar e Haru, sabendo que a crueldade das maldições ditaria seu calendário natural, não lhe propôs trabalhar menos. Festejaram com Beth e Keisuke o segundo aniversário de Anna no quarto onde a moça, deitada em sua cama, magra, exausta, sorria para todos. No fim de fevereiro, Paul disse a Haru que havia pouca esperança e Laura, irmã de Clara, veio da Bélgica para ficar com eles. À noite, quando a mulher e a filha dormiam, Paul deixava a casa e seguia para a do Kamo-gawa. Entrava no jardinzinho, encostava a bicicleta num muro e ia encontrar Haru em seu escritório. Ali, bebiam saquê e conversavam durante a noite. Às portas do desastre, tudo o que separa os homens se apagava e Haru se perguntava se ele algum dia teria alcançado com outra criatura tamanha proximidade. Paul não era o único a falar, eles dialogavam, se escutavam, contavam suas vidas, se preocupavam com Clara e Anna e, a partir de certo momento, com o futuro da menininha sem a mãe. Paul não se queixava, não eludia nada — se não houvesse Anna eu me mataria depois da morte de Clara, disse uma noite, e, outra vez: Ela está sofrendo demais, isso não pode durar. Quando Haru contou isso a Beth, ela deu um riso seco e breve que fez mal aos dois. No dia 10 de março, no início da tarde, Sayoko, ocupada em arrumar um ramo de ameixeira num vaso, parou de repente e fungou, com ar perplexo. Duas horas depois, Clara foi brevemente hospitalizada mas Sayoko não pareceu se alarmar — não é isso, pensou Haru, ou pelo menos ainda não.

Na manhã de 11 de março de 2011, Haru recebeu em casa um cliente antes de sair para almoçar com Akira. Beberam cervejas e falaram de Tomoo com uma ternura cúmplice — em nossas idades, somos órfãos, disseram e riram. Akira acrescentou: Se você soubesse a que ponto o amei, e Haru repensou em Isao, naqueles homens dotados para o amor, com uma nostalgia e uma melancolia matizadas de ternura. Pelas duas da tarde, foi sozinho a Shinnyo-dō e iniciou seu circuito semanal mas, no alto da grande escadaria de Kurodani, foi atacado por uma súbita dor de cabeça. Desceu os degraus até o lugar onde soubera da existência de Rose e a dor de cabeça explodiu a ponto de ele ter de se agachar. Minutos depois, levantou-se, terminou seu passeio, encontrou Kanto diante do grande pórtico vermelho e pediu para ir até o depósito onde, movido por um curioso pressentimento, ligou a televisão. Eram 14h45, ele sentiu de novo dor de cabeça e, como a NHK transmitia um aborrecido debate na Dieta, quis desligar o aparelho. Quando esticava o braço, um anúncio da Agência Meteorológica Nacional se inscreveu sobre a imagem do debate, com mapa e bips de alerta sísmico, enquanto uma voz masculina avisava da iminência de abalos fortes e enumerava as prefeituras atingidas:* Miyagi, Iwate, Fukushima, Akita, Yamagata. Os parlamentares continuavam falando, a voz disse: Falta pouco tempo para se iniciar, a sede da Dieta começou a tremer, a imagem foi cortada e um jornalista no estúdio retomou a transmissão. Ele fez recomendações de segurança, o estúdio em Tóquio também começou a tremer e, logo, o apresentador anunciou um terremoto estimado, segundo as zonas, numa intensidade de 7 a 5. Às 14h50, passados cinco minutos do primeiro, a tela exibiu um novo alerta, dessa vez para o tsunâmi, na costa nordeste de Tōhoku, as zonas costeiras pacíficas de Hokkaidō mas também Ibaraki, Chiba e Izu Shotō.

---

* O Japão é subdividido em quarenta e sete prefeituras. (N. T.)

Keisuke, que ligara dois minutos antes dizendo: Nobu devia estar em Sendai, o contatou. Eles descobriram as imagens do terremoto em Tóquio, Keisuke tentou sem sucesso falar com o filho — as linhas estão saturadas, disse Haru, tenho certeza de que ele está bem — e mais tarde, pouco antes das 16h, a NHK mostrou ao vivo imagens tiradas de um helicóptero que sobrevoava a foz do rio Natori, ao norte do aeroporto de Sendai. Eles as olharam em silêncio, sem compreender o que viam. As informações desfilavam, inúmeras, caóticas: magnitude de 7,1 na escala aberta de Richter, epicentro no Pacífico a cento e trinta quilômetros a leste de Sendai, alguns estragos na central de Fukushima Daiichi, magnitude de 8, incêndios em Miyagi, chamas numa refinaria em Ichihara, magnitude elevada a não se sabe quanto, evacuação dos residentes a menos de três quilômetros da central — sempre, irreais, impossíveis, obscenas, as imagens do tsunâmi penetrando nas terras. Às 18h, Paul chegou ao depósito e Sayoko ligou. Sua irmã, que vivia no Kantō, ao sul de Tóquio, acabava de dar notícias, estava tudo bem com a família, ela esperava que fosse o caso no apartamento de Haru. Nobu estava em missão em Sendai, ele lhe disse. Houve um silêncio. É isso, disse ela com uma voz pálida e Haru sentiu suas entranhas se contorcerem. Espero por você, ela disse ainda, e desligou.

Não havia televisão na casa do Kamo-gawa e, aliviados de não mais verem imagens, ligaram o rádio. Haru tentou contatar conhecidos em Sendai e Natori, ninguém respondeu e Keisuke se deitou no chão, direto em cima da madeira do soalho. Sayoko trouxe chá forte e tigelas de arroz fumegante e depois, vendo que ele olhava para ela, trouxe saquê. Paul estava sentado, encostado na gaiola do bordo, beberam sem saber o que faziam, Sayoko ia e vinha resmungando intermitentemente. Por volta da meia-noite,

Paul foi embora dizendo que retornaria ao amanhecer, Sayoko preveniu Shigeru de que ia ficar na casa de Haru e começou a vigília, uma vigília sem mortos nem veredito, sem corpo nem realidade, na evidência da desgraça, na desolação do destino, pois os três adivinhavam a sina de Nobu. Mas a manhã seguinte se passou sem novidades enquanto se acumulavam informações e balanços cada vez mais horrorosos. Pouco antes das cinco da tarde, a NHK relatou que uma explosão se produzira em Fukushima Daiichi e Keisuke debochou.

— E eis que chega o átomo, a festa está completa.

— Os sistemas de resfriamento estão parados — disse Paul —, os reatores vão fundir.

Quando o comentarista reproduziu um comunicado de imprensa tranquilizador da Tepco, a exploradora da central, ele acrescentou:

— A imprensa engole qualquer bobagem.

— Assim como eles não mostram os cadáveres — disse Keisuke. — Sabe que eu também sou de Hiroshima? Meu pai é de Kyōto mas minha mãe é de lá, e ela foi para lá para o nosso nascimento. Ela nos esperou duas semanas junto de sua mãe e de suas irmãs, Hiroshi e eu nascemos no dia 6 de julho de 1945, ela voltou para cá no dia 5 de agosto, véspera da bomba. Eles todos morreram. Eu nunca fui lá.

O rádio falava das imagens da central inundada, tendo ao alto uma nuvem de explosão.

— Nada é menos escondido que o invisível — murmurou Keisuke —, a mentira, o átomo, eles estão aí, na nossa frente, em plena luz.

Às sete da noite, Paul murmurou:

— Tenho a sensação de assistir a um desabamento.

— Ah — disse Keisuke —, reconstruiremos, pelo menos em parte. Mas você não conheceu Kōbe antes de Hanshin-Awaji, era uma cidade jovem, singular, quase excêntrica... nós reconstruiremos mas a inocência estará perdida para sempre.

Às oito horas, o telefone de Keisuke tocou, ele passou para Haru, era Yukio, o colega biólogo com quem Nobu colhia amostras na costa de Shichigahama, a vinte quilômetros de Sendai. Os kamis ou os deuses ou quem quer que fosse tinham jogado um em seu quarto de hotel no centro da cidade, para preparar um relatório, e o outro na praia para recolher amostras de areia. O tsunâmi chegou depois, disse Yukio, se ele tivesse partido imediatamente estaria vivo. Tentei telefonar mas nenhuma chamada completava. Acho que ele quis recuperar o material, andou até o carro e então foi tarde demais, o carro foi arrastado até aqui onde acabo de encontrá-lo, é um milagre, tantos outros não encontrarão os seus — e começou a chorar. Haru desligou, Sayoko se ajoelhou e baixou a cabeça, Paul cruzou as mãos na nuca, arrasado, desfeito, e Keisuke olhou para Haru.

— Eu tinha avisado — ele lhe disse.

O depósito da urna no cemitério se deu logo depois do funeral atrasado pela identificação e pelo repatriamento do corpo. Onde estarão as suas cinzas?, perguntara Keisuke a Haru, acrescentando: Nobu merece você como vizinho. Eles se encontraram em Kurodani sob uma chuva torrencial, com uma sensação atroz de déjà-vu. Hiroshi veio fazer uma prece à qual acrescentou algumas palavras pessoais que fizeram Keisuke desabar no chão encharcado. Haru largou seu guarda-chuva, pegou o ceramista pelos ombros e o manteve apertado contra si até o fim da cerimônia. Akira se aproximou com outro guarda-chuva mas Haru o recusou com um gesto e ficou sob o dilúvio segurando seu irmão de alma. Paul fechou seu guarda-chuva e, uns após os outros, todos o imitaram, deixando-os atrás de si na areia lamacenta, e recebendo a água e o frio com o mesmo desânimo solidário. Quando Beth fechou o seu, todos puderam ver que ela chorava. Nas faces de Sayoko corriam lágrimas e pingos de chuva. Ela foi a última a deixar a alameda, com a cabeleira salpicada de água, o passo lento. Dias mais tarde, Paul perguntou a Haru se as cinzas de Clara poderiam, também, repousar em Kurodani.

— Ela é budista — ele disse —, mas, mesmo se não fosse, eu gostaria que estivesse aqui.

— Hiroshi fará o necessário — respondeu Haru, e depois, suavemente: — Estamos nós tão próximos?

— Andamos no teto do inferno olhando as flores — respondeu Paul citando um poema de Issa. — Na verdade, já estamos em seus fornos.

À tarde, Haru recebeu as últimas fotos da França e se sentiu ainda mais abatido. Os que podiam ser felizes morriam, os que viviam eram infelizes, a vida se enfiava num pântano de infortúnio e de luto onde ele fracassava como amigo e como pai.

As informações sobre o dia 11 de março não paravam de chegar e assim se ficou sabendo que o terremoto ocorrera em pouca profundidade, que o deslizamento se concentrara numa falha de comprimento inabitualmente curto, acumulando a energia numa zona restrita e produzindo simultaneamente uma magnitude de 9,1 e um tsunâmi monstruoso. Numa noite em que Keisuke e Paul estavam na casa dele bebendo saquê, Haru compartilhou suas reflexões sobre a impossível profundidade dos sentimentos japoneses.

— Ela existe — disse Keisuke —, rica e abissal, mas não temos acesso a ela, estamos trancados na desgraça de nossa terra, em sua tragédia permanente mas também em nossa língua moderna que não sabe mais expressar o que sentimos. Como vermos em nós mesmos se já não sabemos dizer? Em vez disso, nos encharcam de romantismo cataclísmico e de estetismo moral de resiliência. Ah, é admirável! Mas eles escondem a secura da alma contemporânea.

A conversa prosseguiu sobre temas similares numa atmosfera de tristeza e companheirismo.

— Você tem influência sobre nós — disse finalmente Keisuke a Paul —, o japonês corrente não gosta dos conceitos, prefere os ritos.

— Mas todo homem representa a vida para si mesmo — disse Paul.

— Essa cachorra — disse o ceramista. — Você acha que há muito mais a dizer a respeito?

Paul não respondeu.

— E você — perguntou Keisuke a Haru —, de que modo representa a vida?

— Como a travessia de um rio — ele respondeu —, um rio de água preta de tão profunda que é. Não consigo ver o fundo mas é preciso atravessar, mesmo assim.

Keisuke olhou para ele com ternura.

— Você faz bem — disse —, o orvalho está na outra margem.

Em meados de abril, Haru almoçou com Beth que lhe anunciou que dali em diante passaria os verões na Inglaterra.

— Mas você detesta a Inglaterra — ele se espantou.

— Justamente — ela disse —, o Japão acalma meus males mas a droga enfraquece com os anos, preciso de um pouco de inferno para poder recuperar o sossego. O comércio está andando nos trilhos, posso pilotar tudo do meu Berkshire natal e, quando eu tiver comido scones e bebido sherry até arrebentar, voltarei.

— Quando você parte? — perguntou Haru.

— Depois de Clara — ela respondeu. — Voltarei em setembro, Paul gostará de rever um rosto desaparecido.

À noite, Haru informou Sayoko da decisão de Beth.

— Que ela fique por lá — ela disse.

Ele nunca a ouvira falar mal de ninguém e ficou pasmo.

— Ela não tem moral — continuou Sayoko — e não falo apenas da vida privada, mesmo nos negócios há regras, não se pode agir como bem se entende.

Pouco depois, Haru falou por telefone com o cliente que não conseguira encontrar na véspera do grande terremoto de Hanshin-Awaji. A filha dele vivia na costa, na prefeitura de Miyagi, sobrevivera ao terremoto e ao tsunâmi, se refugiara com os filhos num centro de acolhimento de urgência e depois, quando as estradas foram reabertas, na casa de seus pais em Kōbe. Mas as pobres pessoas que não têm nenhum lugar para onde ir estão condenadas ao abandono, ele disse a Haru. Sabe quem foi às zonas devastadas logo após o sismo? Não foram nem o governo, nem as autoridades locais, nem a ajuda estrangeira, todos tributários de seus equipamentos, de seus protocolos e de suas inércias. Os que levaram gêneros alimentícios e apoio aos infelizes, inclusive nas zonas irradiadas, foram os yakuzas. Nas primeiras horas, os sinistrados só puderam contar com o povo japonês e com a Inagawa-kai. Se somos governados por bandidos e salvos por outros, os que demonstram mais compaixão têm o direito de reconstruir o país. E eu, perguntou Haru, sou também um bandido? Ele fez a pergunta a Keisuke, que morreu de rir: Sim, mas de muito pouca envergadura, a sua chantagem não é tão perversa já que os seus discípulos enriquecem e, além disso, você não ameaça nem trucida ninguém. Beth também não, observou Haru, ao que Keisuke, pensativo, respondeu: Não, mas mesmo assim é um vampiro. Um pouco mais tarde, tiveram outro diálogo.

— Você é um marchand mas é também um esteta — lhe disse Keisuke —, isso o salva da sua vulgaridade, assim como os êxtases zen de Beth a salvam da dela.

— Minha vulgaridade? — repetiu Haru repensando em seu velho mestre Jirō.

— Mas por trás da fruição há a solidão — Keisuke continuou. — Você sempre sonhou com outros lugares sem jamais ir lá, você quis estrangeiras, você viu na arte outro lugar onde pode curar suas feridas secretas. A sua solidão o impele a fugir mas as suas feridas o mantêm no chão. No entanto, sinto em você um ponto de redenção mas não consigo ver qual.

Clara morreu no dia 20 de maio no Second Red Cross Hospital. Tinha trinta e quatro anos. Durante o funeral, Paul mal parava em pé e Haru pensou que aquele era o funeral mais triste a que havia assistido. No dia do depósito das cinzas no cemitério, fazia um tempo esplêndido. Nos fornos do inferno, os corvos grasnavam acima das alamedas, uma brisa tépida acariciava os rostos, os túmulos vibravam com a vida invisível dos mortos. Keisuke permaneceu imóvel durante toda a cerimônia, sóbrio como um juiz e tendo, no olhar, uma doçura infinita. À noite, foi se embriagar na cidade e Haru foi a Kamigamo em companhia de Beth. Quando chegaram, Paul dava comida a Anna e suas olheiras e seus olhos, mais uma vez, lhes cortaram o coração. Beth falou japonês com a menina, que riu às gargalhadas tentando dizer *daijōbu*, os pais de Clara e os de Paul, que estavam hospedados num hotel vizinho, se juntaram a eles e Laura, que ficara na casa com a menina durante a cerimônia, serviu um jantar que Sayoko mandou entregar por Kanto. No início, conversaram em inglês mas depois, vendo que Beth o falava muito bem, passaram para o francês. Na sua língua materna, Paul parecia outro homem e Haru sabia como a presença de seus pais e dos sogros lhe pesava. Laura é um presente do céu, ele dissera, mas temo a chegada da sagrada Família embora compreenda os benefícios disso para Anna. Ele acrescentara que Clara pensava que William tinha morrido por não ter sido capaz de viver sua parte japonesa e que ela queria que Anna pudesse conhecer sua parte belga. Haru pensou em seus ancestrais distantes, observou Beth conversando e se perguntou qual era a intensidade de sua dor atual. À sua direita, o pai de Paul lhe evocava uma ave de rapina, ereto, severo, o olhar frio, o gesto imperioso. No fim do jantar, ele disse alguma coisa e fez-se silêncio. Paul se levantou, todos o imitaram, Haru e Beth se despediram e foram juntos pela noite. Vou embora, disse Beth quando se separaram, vou amanhã para Londres, e deu o sorriso breve e doloroso que ele só via nas horas negras.

À meia-noite Paul bateu à porta da casa do Kamo-gawa.

— Você está fadado a acolher seus amigos enlutados — ele disse.

Dava medo vê-lo.

— Também estou de luto — respondeu Haru, e foram para seu escritório.

— Eu pensava poder me consolar com a ideia de que ela não está mais sofrendo — disse Paul —, e a ideia está bem aqui, real e salutar. Mas não me traz consolo.

Passaram um momento bebendo e se calando antes de voltarem a falar, de tudo, de Clara, de Anna, do amor e, sem pausa, sem fugir, da morte.

— O que disse seu pai que levou todos vocês a levantarem acampamento? — Haru perguntou afinal.

— Meu pai tem a paixão de julgar, mais que de compreender — respondeu Paul. — Ele faz parte desses homens que gostam de ter razão.

Uma correnteza de ar fresco entrou pela janela, ele não prestou atenção e se arrepiou.

— Mas só a morte tem razão sobre nós — ele murmurou.

Depois que ele foi embora, Haru zanzou pela grande sala, fumou uns cigarros mas, quando se preparava para ir se deitar, viu sobre a mesa baixa diante da gaiola do bordo um poema caligrafado pela mão de Keisuke que comportava um só verso.

Só mais além reina o orvalho

Depois, embora tudo tivesse acabado, tudo continuou.

Foi nessa época que reapareceu na vida de Haru a japonesa de quem ele tinha sido amante no início dos anos 1990. Ela voltava de outro decênio passado no exterior com o marido diplomata e ele a reviu numa recepção oficial nos salões do hotel Okura. Agora fico no Japão, ela lhe disse, Shohei ficará por algum tempo em Tóquio, e em seguida partirá de novo para o estrangeiro, sem mim. O que você faz em Kyōto?, perguntou ele. Ela sorriu, não disse nada. Acabava de completar cinquenta anos. Ele a achou bela e mudada. No dia seguinte, foram ao Shisen-dō, sentaram-se nos tatames da galeria do templo e ela lhe tocou na mão. Eu gostaria de trazer Midori aqui um dia, ela disse, e ele se lembrou de que ela adorava a única filha. As pétalas das grandes azaleias, espetadas numa folhagem verde-clara de primavera, espalhavam um rastro de estrelas cor-de-rosa. Numa areia amarelada muito fina estavam dispostos uma pedra, samambaias, hostas, bambus celestes, uma bacia para pássaros. Ao fundo, enlanguescia uma fileira de bordos graciosos. No dia seguinte, Haru comentou com Paul o passeio que fizera, e no último momento, sem saber por quê, conteve-se e não evocou Midori.

— O Shisen-dō? É meu preferido nessa estação — disse o rapaz.

Encostou em sua cadeira.

— Andamos no teto do inferno olhando as flores — acrescentou.

Com uma naturalidade e uma quietude que surpreenderam Haru, Emi tornou a ser sua amante. Viam-se em Kyōto e em Tóquio, faziam amor, falavam, riam, saíam para jantar. A sede e a tensão da primeira relação tinham dado lugar a uma cumplicidade terna e maliciosa e, aos poucos, Haru deixou de ver suas outras amantes regulares. Sob um festival de pequenos flocos de neve, ele festejou seus sessenta e três anos na casa do Kamo-gawa, onde Emi figurava em bom lugar, e ele notou, achando graça, que ela dispunha, nas pessoas de Sayoko e Keisuke, de um comitê de apoio mudo — assim, embora ele jamais falasse de seus assuntos pessoais com Sayoko, disse-lhe no dia seguinte, como quem não quer nada, que Emi era casada. Como nós todas, ela respondeu dando de ombros, e ele riu ao vê-la jogar no lixo princípios pelos quais, em geral, ela se atiraria no fogo. Mas era forçoso reconhecer que a vida que ele tivera por quarenta anos infletira sem aviso prévio nem dor. Continuava a sair, beber, fazer negócios e fazer farra mas o espírito mudara. À tarde, levou Emi pela primeira vez a seu percurso dos templos e dos cemitérios. Estavam sozinhos, ela andava a seu lado, meiga, elegante e séria. Pararam no alto da grande escadaria no silêncio da cidade nevada, na grande calma dos complexos e dos túmulos. Ele olhou para ela, ela deu um leve suspiro, início de uma lágrima, virou-se para ele, e seus olhos brilhavam. Ele admirou sua beleza e sua delicadeza e depois, voltando os pensamentos para outro lugar, pensou: Tomoo continua a ser a forma que dá à minha colina seu espírito. Entrei na era dos lutos e, de agora em diante, são meus mortos que dão a esses edifícios e esses túmulos seu perfume de fervor. Parou no pátio do templo e reviu a madrugada de 10 de janeiro de 1970 em que Tomoo e Keisuke andavam à sua frente, sob a neve, enquanto ele se sentia a um só tempo tiritando e nascendo. Mas Keisuke e Paul estão bem vivos, pensou, e Rose também. Um gongo soou ao longe e ele retomou consciência da presença de Emi.

À noite, jantaram num restaurante de Gion, uma velha instituição onde ele conhecia gente. Durante o jantar, Emi lhe falou de seus anos no exterior e depois de um romance de amor que estava lendo e, enquanto a escutava, ele via como no teatro o que teria sido a sua vida se tivesse se casado com uma japonesa. No instante em que pensava que sempre mantivera seu desejo à distância de sua identidade, Emi, a respeito do romance — a história de um homem e de uma mulher casados que acabam se suicidando juntos —, lhe disse: Meus amigos europeus pensam que os japoneses têm o culto do amor impossível. O resto da noite se passou num ambiente íntimo em que ele teve a sensação de ser um sonhador percorrendo uma região familiar e estranha. Andaram na noite gélida até um bar de vinhos onde os encontrou Keisuke que, caindo de bêbado, começou a falar com Emi. Haru os escutava distraído e logo, com um sorriso afetuoso nos lábios, deixou de prestar atenção no que diziam. Molhou os lábios num copo de chinon pensando em Rose e disse consigo: Estou aqui me aborrecendo para agradar Emi como se eu acompanhasse minha filha a um lanche de crianças.

Na manhã de 19 de janeiro de 2013, véspera dos sessenta e quatro anos de Haru, Sayoko parou de repente diante dos janelões que davam para o Kamo-gawa. O que está olhando?, perguntou ele, perplexo, distraído, e ela respondeu: O rio. Pelas sete da noite, Keisuke o chamou para lhe propor encontrá-lo no centro da cidade com Paul mas ele previra passar a noite com Emi e não aceitou. Encontrou-a num restaurante de sushis no último andar de um edifício onde cruzaram com Beth, que voltara da Inglaterra e jantava com sócios dos negócios. Conversaram um instante em pé, ao lado da mesa. Mais tarde, Emi disse a Haru: Ela é muito forte, veja a que ponto eles a respeitam embora seja uma mulher estrangeira, e ele sentiu um sopro de nostalgia pensando na época passada em que Beth e ele eram amantes. Jantaram saboreando a vista para as montanhas do Leste, voltaram a pé ao longo do Kamo-gawa, fazia um tempo ameno e a vegetação, sob a lua, vergava como arcos de prata. Em casa, tomaram um banho e se deitaram conversando e rindo mas não fizeram amor. Ele contemplou as costas nuas de Emi e dormiu tranquilamente.

* * *

Às seis horas, seu telefone tocou e ele ouviu a voz de Keisuke lhe dizer: Venha ao Red Cross, estamos mais ou menos bem, mas venha. No hospital, encontrou o ceramista num corredor, descabelado, vestindo um pijama de doente. Não estou ferido, ele disse, mas eu estava molhado, e depois contou. Haviam bebido muito mais que o razoável — Haru imaginava o que isso queria dizer — e não sabiam muito bem como tinham ido parar na ponte de Sanjō pensando que deviam pular. Passaram por cima do parapeito, Paul aterrissara num canto de pilastra, Keisuke fora recebido, sem maiores estragos, na água fria, e logo foram socorridos. Paul tinha sido operado do quadril, com urgência, tudo correra bem — quer dizer, modo de falar, disse Keisuke, como eu sou idiota, sei muito bem que não posso morrer, eu deveria tê-lo protegido. Onde está Anna?, perguntou Haru. Com a baby-sitter, respondeu o ceramista, eu a avisei há pouco, ela estava morrendo de aflição. Haru ligou para Sayoko, lhe contou rapidamente a história — ah!, ela disse, o rio! — e lhe pediu para ir à casa de Paul. Vou trazer Anna para casa, ela respondeu, e nos dias que se seguiram Anna viveu durante o dia na casa de Haru, e à noite na de Sayoko, enquanto Paul se restabelecia lentamente. Vou mancar até o fim de meus dias, ele disse a Haru, mas mancar não é nada, a verdade é que falhei com Anna, jamais me perdoarei.

Ele se perdoou. Retomou o trabalho, reencontrou o caminho dos bares com moderação e Haru gostou de vê-lo tecer com a filha uma relação meiga e alegre. Teve aventuras, também, pois compreendera que não podia mais ser aquele que fora com Clara, que nenhum homem tem força suficiente diante da ausência dos mortos. Haru, vendo que o trabalho o mantinha de pé, lhe confiava mais missões ainda na medida em que os japoneses o adoravam. Ele bebia sem fraquejar durante os intermináveis jantares, falava pouco, ria ou fazia rir no momento exato, concluía as transações tendo, às vezes, um lucro ainda maior do que conseguiria Haru. Quando Haru se divertia com isso, Paul sorria e dizia: O espírito do capitalismo nasceu da ética protestante, eu pensava ser um amante da arte, sou apenas o produto de minha cultura. Mas na verdade ele sorria pouco e Haru estava triste por ele. Anna, que fizera quatro anos, parecia cada dia mais com a mãe e, por maiores que fossem a ausência e a tristeza, mostrava-se invariavelmente alegre e travessa, razão pela qual Sayoko estava convencida de que ela contava com a proteção da floresta de Tadasu. Quando Paul vendeu a casa e migrou para um apartamento no centro da cidade, ela se alarmou e por alguns meses escrutou de novo a menina, vigilante. Mas Anna crescia harmoniosamente e disso Paul tirava sua força.

Haru celebrou seus sessenta e cinco anos e a festa, coorganizada por Sayoko e Emi, foi bonita. Nevava, a lanterna, em sua gaiola de vidro, estava coberta de asas de corvo imaculadas e Keisuke fez um discurso hilariante salpicado de camélias, de amizade e de saquê, que terminava assim: As pessoas das montanhas são muito bobas. Todo mundo riu e todos se encaminharam sem sobressaltos para uma primavera deliciosa e depois para uma monção precoce e especialmente fresca em que Haru se resfriou. Na noite de 29 de junho, ele estava em casa bebendo chá quente e tentando ler apesar de uma tosse irritante que lhe dilacerava o peito quando o novo investigador ligou. O primeiro se aposentara dez anos antes e seu sucessor que, como ele, falava inglês, se desculpou por chamar de supetão e lhe informou que Maud Arden tinha se suicidado na véspera.

Ela enchera os bolsos de pedras e se afogara no Vienne. Haru deu instruções para que lhe fizessem um relatório dos acontecimentos e chegaram fotografias em seu e-mail. Via-se Paule, vestida de preto, recebendo os visitantes na entrada da varanda. Uma foto mostrou Rose saindo do apartamento da Rue Delambre com um rosto duro e fechado que lembrou a Haru o de Maud. As exéquias foram na igreja do burgo vizinho e a falecida foi enterrada no mesmo cemitério que seu pai, no campo, a dez minutos dali. O fotógrafo não pudera se aproximar, as fotografias não estavam nítidas, mal se distinguiam os rostos mas Haru teve a impressão de que eles usavam máscaras pálidas e, como no nô de sua infância, frequentavam um mundo de espectros.

— O que você vai fazer? — perguntou-lhe Paul no dia seguinte.

Haru tossiu e acendeu um cigarro.

— Contatá-la mas ainda não sei como.

— "Como" é, no entanto, a pergunta japonesa por excelência — disse Paul —, não conheço nenhum povo que ponha tão graciosamente de lado o "por quê".

— Ela viveu sem pai e quase sem mãe — disse Haru —, não posso desembarcar na sua vida como uma flor.

Tossiu de novo.

— Você deveria ir a um médico — disse Paul —, essa bronquite está durando.

— Vou daqui a pouco — disse Haru —, tenho consulta às quatro.

Foi a pé a seu médico, margeando o Kamo-gawa, pegando à esquerda na ponte de Demachi e subindo rapidamente Kawabata Dori. Chovia pouco, ele se sentia inimaginavelmente cansado e feliz, quente e profundo, o que lhe abria poços de emoção múltiplos. Na França, os anos tinham se passado numa sombria repetição, sua filha se estiolava, bela e vagarosa, despojada de sua raiva, indiferente e, ao que parecia, resignada. Quase mais nada acontecia em sua vida, ela já quase não via os amigos, já quase não tinha amantes, trabalhava, voltava para casa e, toda vez que Haru recebia relatório e fotos, ele devia se curvar à evidência de que o negrume de Maud vencia. Logo, porém, Rose conhecerá sua alma japonesa, ele se dizia admirando as garças-reais fundidas no cinzento da monção. Margeando o leito do rio, as vegetações, verdes e carregadas de chuva, vergavam sob o vento fresco. Diante dele, as montanhas do Leste formavam uma massa sombria e secreta. Ao redor, pela magia conjugada de suas feiuras contemporâneas e de seus santuários graciosos, o sonho de Kyōto o penetrava como nunca e ele sorriu pensando: Eis-me aqui mais japonês ainda do que o desejo de que minha filha se torne japonesa.

Shigenori Mizubayashi, amigo de trinta anos, o auscultou conversando e, depois de um momento, ficou calado.

— Você perdeu peso recentemente? — perguntou.

Haru não tinha a menor ideia.

— Vou lhe pedir exames — disse Shigenori —, você é um grande fumante. É melhor ser prudente.

— Não tenho tempo para ficar doente — disse Haru, rindo.

Fez os exames solicitados e não pensou mais naquilo, inteiramente dedicado à sua Estratégia Rose. Pretextando a bronquite, não aceitou o convite de Emi para passar uns dias com ela e meditou longamente em seu escritório, delegando os negócios a Paul. No dia 20 de julho, Shigenori lhe ligou dizendo: Estou com os resultados dos exames, pode vir hoje à tarde? Haru observou Sayoko que arrumava galhos de lilases num grande vaso branco e, vendo-a concentrada e serena, não se preocupou. Foi a pé até o consultório em Kawabata, esperou um pouco pensando nas primeiras palavras que escreveria à filha e depois Shigenori o fez entrar na sala de consulta, e no mesmo instante ele soube que era grave.

— Fale-me sem rodeios — ele disse.

— É necessária uma biópsia e também outros exames para saber mais, mas uma coisa é certa: você está com câncer.

— De pulmão? — Haru perguntou.

— Os dois pulmões estão afetados.

— Agora? — disse Haru.

O médico olhou para ele, embaraçado.

— É preciso que isso aconteça agora? — disse o marchand, e riu com aquele riso breve que ele conhecera em outras pessoas, dizendo: — E assim é o destino.

— A que ponto é grave? — perguntou ainda.

— Saberemos depois da ressonância magnética e da biópsia — respondeu Shigenori. — Não tome essa notícia como uma sentença, muita gente vive por muito tempo com um câncer semelhante.

Haru voltou, pediu a Sayoko que tomasse chá com ele e lhe deu a notícia. Ela cuidava da casa, de sua agenda, conhecia seu segredo: entre todos, ela merecia ser informada. Pensando bem, ele estava curioso para saber por que a dama das tragédias não ouvira nenhum rumor daquela, e imaginava que talvez isso constituísse um sinal para ter esperança. Quando lhe falou, ela deixou escapar um soluço de surpresa.

— Não é possível — ela disse, e ele pensou que ela negava a realidade de sua doença.

Enganava-se pois, antecipando sua pergunta, ela acrescentou:

— Eu sempre sou cega em minha casa.

— Em sua casa? — ele repetiu.

— Bem, aqui — ela esclareceu, apontando para a sala inundada de luz.

Ele se submeteu a uma bateria de novos exames e reviu Shigenori durante o mês de agosto.

— Não é nem o câncer mais agressivo nem o mais simpático — lhe disse o médico —, mas hoje existem ótimos tratamentos e vou encaminhar você para o melhor oncologista de Kyōto.

— Quanto tempo eu tenho? — perguntou Haru.

— Não se pode saber.

— Quanto? — repetiu Haru.

— Cinco anos, talvez dez — respondeu Shigenori —, mas não me processe caso levemos você até seus noventa anos.

Ao sair do consultório, Haru ligou para Paul e lhe propôs encontrá-lo no Kitsune — Sayoko ficaria com Anna, ele lhe disse, eu faço questão de jantar com você. Paul chegou na hora, se sentou, deixou Haru pedir cervejas e disse:

— Fale sem rodeios.

Depois que Haru lhe explicou tudo, ele se encostou na cadeira e disse apenas: Estou aqui.

— Você vai ter de cuidar da loja — disse Haru —, ninguém gosta de marchands doentes e, em geral, o Japão não gosta dos doentes, você vai ser nosso rosto quando eu não puder mais sê-lo.

— A quem mais você vai informar?

— Keisuke, Beth, Emi e, quando for evidente, a todo mundo.

O chef veio lhes oferecer uma rodada de shōchū, Haru riu e perguntou a Paul se eles estavam desesperados àquele ponto. Estamos, respondeu o rapaz, e ele sorriu. Beberam o shōchū em grandes copos com muito gelo.

— Meu pai morreu dormindo, sem sofrer — disse Haru —, eu quase estava convencido de que faria o mesmo.

A evocação do pai o fez derivar para outras lembranças.

— Conheci outrora um mestre de chá nas montanhas perto de Takayama. Ele se chamava Jirō Mifune, tinha uma loja de antiguidades na cidade onde, entre montes de bugigangas, você podia encontrar maravilhas. Ele oficiava em sua cabana entre as caixas de cerveja e as pilhas de revistas velhas mas nunca ouvi tão claramente o apelo do chá.

Ergueu o copo ao amigo invisível.

— Ele dizia que um homem que acredita se conhecer é perigoso. Mas na verdade ele seguia o caminho do chá e sabia quem ele era. Vou transformar a salinha norte num quarto de chá, preciso ver, não tenho mais tempo de crer.

Paul ergueu seu copo.

— E Rose? — ele perguntou.

Haru balançou a cabeça.

— Ainda não sei.

Os tratamentos, os exames, as semanas e os meses: tudo foi cruel. Em agosto de 2014, Haru tinha postergado a decisão sobre Rose e, no geral, qualquer decisão que fosse. Em junho de 2015, quando as notícias da batalha do câncer estavam indefinidas, ele foi com Kanto ao primeiro dia do festival de Takigi-Nō. Estava um dia agradável, um pouco nublado, e ele se flagrou adorando a manifestação ao ar livre que lhe lembrou as representações de sua infância. Quando acenderam as tochas e o palco e o santuário iluminados se destacaram contra um fundo de escuridão crescente, ele foi invadido pela densidade que a noite real oferecia à peça. Sob a lua que subia, ela lhe mostrava o mundo como ele jamais o vira e, sentindo-se trilhar por províncias secretas, dormiu como quando nos abandonamos a mãos protetoras. No instante em que acordou, o ator principal usava uma máscara de velho que, certamente, fora esculpida por um grande artista pois Haru não tinha visto em nenhuma outra uma expressão tão profunda de sofrimento — ou será que me tornei mais sensível?, perguntou-se compreendendo com pavor que aquele era o rosto emaciado da morte enquanto o ator declamava: E se eu venho, é para vos contar meus tormentos.

No dia seguinte, após um sono agitado de sonhos de afogamento em que corriam fantasmas e demônios, organizou tudo sem falar com ninguém. Na noite iluminada pela arte e pelo fogo, ele tinha visto a verdade e sabia, sem precisar dos médicos, que lhe restavam poucos meses luminosos. Três semanas mais tarde, avisou a Paul e a Sayoko que partia por uns dias para Takayama e pediu a Kanto que fosse buscá-lo no dia seguinte na aurora. Com o dia nascendo, pediu-lhe para levá-lo ao aeroporto internacional do Kansai e, em seguida, para não dizer uma palavra a ninguém. Olhou desfilarem as ruas da cidade, os subúrbios e depois, na planície do Sul, ao longo das autoestradas, a horrorosa zona urbana de Osaka. No fim do périplo, o carro pegou a grande ponte que liga o aeroporto à costa e ele se divertiu com o painel em inglês e em katakana, o silabário para transcrever as palavras estrangeiras, que dizia: Sky Gate Bridge R. Deu uma olhadela para a grande baía de Osaka, seus edifícios industriais, seus barcos de pesca e de cruzeiro, suas construções de concreto lúgubre, e não conseguiu encontrar nada mais japonês do que aquela paisagem marítima desfigurada pela modernidade.

Kanto o acompanhou ao balcão do check-in e à entrada dos portões de embarque onde se inclinou antes de ir embora, como se o tivesse deixado no dentista. Depois dos controles e da alfândega, Haru foi para a sala VIP e se sentou numa poltrona perto do janelão envidraçado que dava para as pistas e para o mar. Um avião decolou, outro aterrissou, ele tomou um café, voltou para a poltrona. Faltavam duas horas para o embarque, ele pegou um jornal, o largou, outros voos chegaram, partiram, o mar se agitou sob o efeito de um vento crescente. Ele observou que, dependendo da manobra de decolar ou de aterrissar, os aviões pareciam, um após outro, pesados ou leves, atarracados ou esguios e, a certa altura, a trajetória de um pequeno cargueiro lhe evocou as garças-reais de seu rio e, por vizinhança, a torrente de sua infância. Lembrou-se de ter visto as margens opostas de sua vida e, no meio das águas vivas, enigmática e aérea, sua filha — eis onde estou, ele pensou, pertinho do coração do mistério, em fusão, ali onde posso finalmente encontrar-me com Rose. O balé dos aviões continuou, ele tomou dois outros cafés, beliscou uns senbeis, repetiu o nome do hotel que escolhera em Paris. O mar se levantava sob nuvens de tinta, ele temeu a tempestade se formando mas os painéis mostravam os voos na hora prevista e ele relaxou com um copo de vinho. Finalmente, deixou o salão, a baía, o mar, as pistas que o céu escuro envernizava.

Durante o voo, foi impossível dormir. O café, a duração do trajeto, o imprevisto da viagem: tudo o mantinha acordado. Na cabine escura, de olhos arregalados, ele imaginava o minuto em que entraria no mesmo espaço que Rose e a veria, diante dele, envolta no mesmo ar, trancada na mesma trama da existência. Na aterrissagem, depois de doze horas daquela estranha vigilância, estava exausto. Na saída, exibindo um cartaz com seu nome, o esperava um japonês que Manabu Umebayashi contratara para buscá-lo. Ele o levou até um carro onde Haru pegou no sono quase instantaneamente. Quando acordou, já estavam em Paris, era o início da tarde e chovia. O hotel lhe pareceu limpo, o serviço medíocre, o quarto confortável. Tomou um banho e se deitou na cama, só voltou a si quando já era noite escura. Pôs no bolso o telefone que lhe fornecera o homem de Manabu e saiu.

Já não chovia e ele andou ao léu, localizando-se a partir da Tour Montparnasse. Achou a cidade suja e malcheirosa, caminhou muito tempo pelas ruas adormecidas mas estava pouco ligando para Paris, e só pensava nela. Logo sentiu fome. O dia nascera e, chegando a um grande bulevar, ele reconheceu o café. Nas fotografias, escrutara as mesas e as cadeiras de vime verde e branco, os janelões abertos para o balcão de madeira, os garçons de camisa branca, gravata e colete pretos. Sentou na varanda e pediu um café da manhã.

Três decênios de fotos lhe haviam tornado Paris familiar mas elas não falavam dos cheiros, da luz, e sobretudo da maneira como as pessoas se deslocavam. Ora, mais que o exotismo da paisagem, das fisionomias ou da língua, o movimento dos passantes mergulhava Haru num banho de irredutível estranheza. Encontrar franceses em Kyōto, frequentar ocidentais, não o tinha preparado para aquela multidão animada de gestos específicos e, afundado naquela maré de outro mundo, sentiu-se separado da realidade. No fim de uma hora, o cansaço o venceu, pareceu-lhe pueril ter esperado uma aparição milagrosa e pensou em voltar para o hotel a fim de organizar a manhã seguinte. Tinha em mente ir até a porta do instituto de pesquisa de Rose na hora em que ela começava a trabalhar — ele a avistaria e, dessa primeira impressão, nasceriam as decisões seguintes.

Ele a viu chegar bem na sua direção. Ela atravessava o bulevar e ele compreendeu que ela ia para a varanda. Usava um vestido verde muito simples, sandálias sem salto, seus cabelos estavam soltos. Olhou para ele sem vê-lo e sentou-se à mesa vizinha. O garçom se aproximou, ela pediu um café e o som de sua voz, em que ele reconheceu o timbre de sua própria mãe — a marca de suas montanhas —, o transtornou. Estava a menos de um metro dela e, como ela não prestava a menor atenção nele, pôde observá-la à vontade. Havia nela uma energia que não se percebia nas fotos e que lhe evocou a frágil teimosia das flores. Quantos homens a amaram por causa disso e esbarraram na sua raiva e na sua indiferença?, ele conjecturou. Ao pegar a xícara, ela deixou cair a colher, que ele recolheu e lhe entregou. Ela agradeceu, ele disse: You're welcome, ela olhou para ele, hesitou.

— O senhor é japonês? — perguntou afinal.

— Sou — ele disse —, conhece o Japão?

— Obrigada — ela respondeu —, não é meu país predileto.

Ele sorriu.

— Temos belas coisas, sabe?

— Belas coisas? — ela repetiu.

— As coisas talvez sejam pouca coisa — ele disse —, mas mesmo assim.

Ela pediu outro café ao garçom que passava.

— Que belas coisas? — ela perguntou.

— Temos céus — ele disse.

— Céus?

— Céus em cujo fundo murcham os jardins e onde às vezes passam raposas.

Ela o encarou.

— Tem amigos aqui, talvez? — ela perguntou.

Ele percebeu uma leve tensão em sua voz. Pensou: Isso acontece agora. Algo engrenou, uma espécie de brecha na trama das coisas pela qual ele tinha a infinidade do tempo para penetrar em si mesmo antes de responder. Um torpor insólito o invadiu ali onde ele estava e o levou para outro lugar, sob as árvores do Kokedera. Ele perambulava ao abrigo das folhagens e se encantava com o poder que elas tinham de gerar vida apesar de seu enraizamento. Ouvia o canto delas e compreendia a potência das mutações imóveis. Deteve-se um instante sob os cumes da memória, admirando os musgos e as brumas, deixando-se guiar pela irradiação mágica da terra. A verdade corria conforme as cintilações intermitentes das franjas do bosque onde ele via, um após outro, os anos, as solidões e as impotências. Logo ele seria um fardo para os seus e, ninado pela melopeia das folhagens, pensou: Nada acontece por acaso. Ela olhava para ele, ele a amou com uma força insensata e arrancou o próprio coração de uma só vez.

— Não — ele disse —, não conheço ninguém na França.

Ela o encarou de novo, deu de ombros.

— É claro — disse.

Ele pensou em Beth, que o Nanzen-ji transformava em outra mulher, pensou que sempre estivera tentado pelo alhures, mas ali era simplesmente um estrangeiro, pensou enfim que amar era dar luz. Falou com ela em japonês. Disse-lhe que ela era uma flor poderosa, que ele tinha fé em sua determinação e em sua força, acrescentou que esperava que um dia o espírito lhe desvelasse seu coração. Ela piscou os olhos, perplexa, chamou o garçom, pagou os cafés, se levantou.

— Boa estada — disse.

Ele a acompanhou com os olhos até a entrada do metrô vizinho, pediu a conta e voltou para o hotel seguindo as indicações de seu telefone. Deitou-se na cama. Esperava uma dor intensa, irradiante, da qual sairia vazio e calcinado, purificado de sentimentos. Não sentiu nada.

Ligou para a companhia aérea e para o homem de Manabu Umebayashi, almoçou e depois jantou no quarto, sem sair. No dia seguinte, bem cedinho, seu motorista o esperava na porta do hotel. Dessa vez, quis viver cada batimento de coração que o separava da decolagem e não dormiu no trajeto para o aeroporto. Registrou a mala, foi para a sala VIP, bebeu vinho e café. Quando se sentou no avião, preparou-se mais uma vez para a onda de tristeza mas, em lugar disso, levantaram-se nele um alívio vertiginoso e uma incompreensível embriaguez. O avião furou as nuvens, o sol inundou a cabine e ele se lembrou do romance de Emi sobre o amor impossível — o amor impossível que, como a amizade, é parte do amor.

De volta à casa do Kamo-gawa, ele fez renascer seu coração arrancado de pai na forma de um coração de homem morrendo, e informou aos vivos que agora se achava num reino intermediário onde não podiam mais encontrá-lo. A primeira a ser informada dessa migração sem volta foi Emi.

— Eu posso lhe dar tudo mas você não quer — ela disse.

Ele a observou ternamente.

— Passei com você anos felizes mas sou um solitário e não posso dividir minha doença com ninguém.

— Um solitário? — ela repetiu.

Ela deu um sorriso desiludido.

— Um homem que acredita se conhecer é perigoso — ela disse e, depois de apertá-lo em seus braços, foi embora.

À noite, ele foi encontrar Keisuke num bar, lhe contou o que tinha dito a Emi e acrescentou: Sei que você vai me criticar, eu mesmo não estou muito longe de fazê-lo.

— O que é um homem? — perguntou, em troca, o ceramista.

— Você vai me dizer.

— É, primeiro, uma solidão.

— Justamente — disse Haru.

— Em seguida é uma queda e um nascimento. Você acredita poder nascer sozinho?

— Parece-me ao contrário que vou morrer — disse Haru.

— Você não entende? Você, que sonha com outros lugares, é tão japonês, acreditamos tudo dominar e tudo nos escapa. A sua obsessão pela forma é a da dominação. Mas no centro há esse abismo em que somos cegos, a não ser que aceitássemos não mais olhar e deixar o outro nos mostrar quem somos.

— Não posso pedir isso a Emi — disse Haru.

— Ah! — disse Keisuke. — Você ainda acredita que tem escolha! Mas todo ser humano precisa de alguém para acompanhar sua queda e seu nascimento.

Mais tarde, no calor cúmplice da amizade, quando o saquê amenizava as ameaças, Keisuke começou a rir.

— Que imbecil e que samurai você é — ele disse.

O segundo a ser informado foi Paul. Haru não lhe falou de Paris, disse-lhe apenas que desistia de conhecer sua filha.

— Mas um pai é um pai, esteja ele com saúde ou doente — disse Paul quando ele acabou de falar.

— Um pai ausente que se tornou pai doente — disse o marchand.

— Você tem anos pela frente e desistiria de seu encontro mais importante?

— Pela frente: a doença, o declínio, a morte.

Ele riu.

— Como a gente se engana, não é mesmo, quando não está com a faca no pescoço? O que um pai deve dar à filha são luzes que a iluminem sobre ela mesma. É o que Beth não soube fazer com William: eu devo a Rose sua parte japonesa.

— Como espera fazer isso à distância? — indagou Paul.

— Restam-me alguns anos para compreendê-lo — disse Haru. — É estranho, tomar essa decisão torna a morte real e, no entanto, eu me sinto inebriado e feliz.

— É a embriaguez de dar — disse Paul —, de dar sem nada esperar em troca, porque a pessoa captou o sentido verdadeiro do dom. Invejo em você essa vertigem.

Mas Haru sabia desde as horas de Paris que era a vertigem de desistir do encontro e de sentir o paradoxo de uma proximidade fortalecida. A lenta erosão da certeza de se conhecer, no que tinham consistido os últimos decênios, era substituída pela promessa da única mutação que contava, iluminada pelos minutos em que ele pudera falar com sua filha.

O verão e o outono se passaram numa calma relativa, o câncer progredia lentamente, sem explodir, sem recuar, Haru levava uma vida quase normal mas já não fumava nem bebia e sabia que suas respirações estavam contadas. Em janeiro de 2016, festejou seus sessenta e sete anos na casa do Kamo-gawa enfeitada com um imenso buquê de camélias brancas. O vaso preto, fosco e com aparência de giz, causou forte impressão e Keisuke, que era quem o oferecera de presente, admitiu que tinha feito um bom trabalho. Havia jovens artistas, também, que tornaram alegre a festa, orgulhosos de estarem lá, singulares e audaciosos como Haru na idade deles, e com tantas mulheres como de costume. Ele as achava belas e luminosas, não as desejava, sentia-se feliz com sua presença, encantado com seus talentos — não desejo mais do que a intimidade, ele pensava ao olhá-las viver e rir, a intimidade última, com Rose, apesar da morte.

* * *

Nesse meio-tempo, o inverno cobriu a cidade de camélias e de flores de ameixeira e o investigador informou a Haru a morte de Paule aos oitenta e sete anos. Ela morrera em casa, dormindo, sem jamais ter estado doente, e Haru ficou tão aliviado por ela mas tão triste por sua filha que não soube o que sentia realmente, senão ao receber as fotos do enterro, do cemitério e de Rose perdida num grande impermeável preto, ereta sob o temporal, sozinha apesar da multidão. Examinando as fotografias com Paul, numa noite de março, ele se deu conta de que a chuva parecia preta e o rapaz, debruçando-se sobre a imagem, ficou de fato com o ar perturbado pois se viam estriadas finas cicatrizes escuras.

— Keisuke lembraria a você que depois da explosão das bombas, pelo efeito do calor, uma chuva preta caiu em Hiroshima e Nagasaki — disse Haru —, uma chuva escurecida de cinzas e poeiras radioativas que fixava o átomo no chão e destruía qualquer esperança.

Naquela noite, justamente, Keisuke foi jantar com ele, e Haru, abrindo um precedente no seu cotidiano, bebeu uns copinhos de saquê. Passaram uma noite conversando, evocando seus mortos e fazendo cintilar a vida de suas pedras preciosas secretas. No fim, Keisuke lhe perguntou se ele ainda tinha no quarto o quadro de sua juventude.

— Gostaria de revê-lo? — perguntou Haru.
— Não, mas você sabe que é uma rosa?
Surpreso ele mesmo, acrescentou:
— Não sei por que lhe conto isso.
Olhou para Haru.
— Mas você sabe, não sabe? — ele disse também, e foi embora.

No limiar de 2019, o câncer progrediu, os tratamentos extenuavam Haru que não saía mais sem oxigênio, tinha dor nos pulmões e nos ossos, tomava o menos possível morfina — mas, ainda assim, tomava. Sayoko organizava o novo baile de sua vida, as enfermeiras, os cuidados, as idas e voltas do hospital e, um dia, o leito hospitalar foi instalado diante da rosa de Keisuke. Nesse dia, Haru convidou Keisuke e, como cinquenta anos antes, lhe serviu chá durante uma cerimônia sem luxo embora um pouco solene. Ele mandara arrumar um quarto de chá na salinha que dava para o norte e colocara no tokonoma um rolo mostrando violetas. Quanto ao resto, agiu à maneira de seu velho mestre Jirō e praticou tudo sem ordem consagrada, conversando e saboreando na amizade a tão bela loucura das coisas. É claro que a certa altura eles embarcaram no seu torneio favorito.

— Você acredita que o espírito nasce da forma mas é o contrário, a forma não passa da parte visível do espírito e o fantasma aparente de seu domínio — disse Keisuke.

— Mediante o quê, apesar dos seus anátemas, você é o mais budista de nós dois — respondeu Haru.
— Mas qual é o mais japonês? — perguntou Keisuke.

Em maio, o mês das revelações, dos começos e dos fins, Haru teve um sonho em que passeava com Rose pelas alamedas do santuário de Kitano. Era a mulher encarnada que ele conhecera em Paris e que as fotografias não conseguiam lhe restituir. Diante de um lírio de extrema beleza, ele lhe estendia a mão e lhe dizia: Você correrá o risco do sofrimento, do dom, do desconhecido, do amor, do fracasso e da metamorfose. Então, assim como a flor está em mim, minha vida inteira passará por você. Acordou numa intensidade de dor, a qual, alguns meses antes, ele decidira que selaria sua última decisão. Tomou só um pouco de morfina para poder se levantar e chamou Paul que foi vê--lo depois da partida da primeira enfermeira. Beberam chá diante da gaiola do bordo, Haru explicou que breve já não poderia sair da cama, ficar consciente ou até mesmo deglutir e que, por conseguinte, era a hora. Como Paul não dizia nada, acrescentou que queria morrer em casa, em Shinnyo-dō, que arrumara todas as coisas com Hiroshi e que ele se extinguiria no jardinzinho ao lado de seus aposentos privados. Você vai se suicidar num templo?, perguntou Paul, estupefato. Vou adormecer, disse ele, Keisuke e você me trarão para cá, para o fim. Hiroshi está sabendo?, Paul ainda perguntou. Claro que não, respondeu Haru, acrescentando: Antes, tenho que pedir a você para traduzir uma carta e anotar um itinerário.
— Para Rose — concluiu. — Lembra-se do que você me disse na primeira vez em Takayama? Que a profundidade da alma japonesa está inteiramente na superfície, que nossos jardins são a matéria dela, posta em forma de modo a que o inferno se tor-

ne beleza? Por muito tempo acreditei que a tristeza de Rose só decorria de Maud, e quis ignorar a face do inferno com que somos moldados.

Ele riu.

— Agora, quero transmitir a Rose sua herança japonesa: a tristeza, de novo, mas com a menção de seu antídoto. Tive essa intuição no Kokedera há oito anos e agora sei que o que tenho a dar para minha filha caberá numa carta e numa excursão. Quando ela vier aqui para tomar conhecimento do meu testamento, você a levará a alguns lugares escolhidos. No final, irá com ela ao tabelião e depois lhe dará a minha carta e a sua tradução em francês.

Paul não disse nada mas seu silêncio, Haru sabia, valia pelo consentimento.

— Lego a ela tudo o que possuo mas a empresa e o depósito vão para você.

— De jeito nenhum — disse Paul. — Não sou seu filho e já não sou apenas seu empregado, isso sou também, mas sobretudo sou seu amigo.

Haru balançou a cabeça.

— Quando? — perguntou o rapaz.

— No dia 20 de maio, daqui a dez dias.

E assim Haru afundou nos limbos da morte que ia chegar. Para cinzelar a obra, convidou Keisuke a tomar o último chá e ali, na penumbra daquela salinha, informou ao amigo.

— Quem quer morrer vive, quem quer viver se dá a morte — cochichou Keisuke. — Tentei muitas vezes mas quem consegue ir contra o destino? Ele nos pune, sem distinção, aos solitários e aos amantes, todos privados do convívio consigo mesmos e com os seres amados. Quanto a mim, sou o pobre sujeito que vigia e que registra a história até sua última palavra.

— A história? Mas a história de quem? — perguntou Haru.

— Quem sabe? Saberei quando for minha vez. Talvez seja depois de você? Ou depois de Paul? Espero que não, sou velho e lhe desejo que ame de novo e que viva muito tempo.

Haru serviu o chá com gestos suaves, lentos de doença e de lembranças, abençoados pela sombra de seu velho mestre, de suas montanhas natais, de suas torrentes, de suas raposas mágicas. Beberam sem falar, sentados sem cerimônia, e as sombras desciam numerosas de sua memória e de suas vertentes, e uma espessura crepuscular o invadia. Como Keisuke lhe sorrisse, ele lhe lembrou a história da raposa de Kakurezato que, quarenta anos antes, cruzara um vau invisível, e depois a da raposa e da dama de Heian.

— Um dia, há quarenta anos, contei essa história a uma francesa — acrescentou —, e em seguida a Jacques Melliand. Os dois ficaram marcados mas eu nunca soube por quê.

Keisuke riu.

— A raposa diz o que a gente quer que ela diga. Em toda boa história se cruzam os três eixos maiores em que nós aqui, pobres grãos de poeira, nos deslocamos, e cada um de nós faz sua vida deslizar segundo seus próprios recursos e suas enfermidades. O nascimento, o amor, a morte. O relato original, o começo e o fim.

Acendeu um cigarro.

— Lembro-me da francesa — ele disse. — Para ela, eu teria continuado a história assim: Nesta vida cercada de invisibilidade onde morria a dama reclusa, o olhar da raposa fazia as fronteiras vacilarem. Ela oferecia espelhos desconhecidos e mudava as leis da refração íntima. Ela ordenava as sombras numa coreografia inédita. Em última análise, ela permitia que a dama nascesse em outro mundo, invisível também, no qual o centro de sua vida se tornava invisível e, nomeando os mortos, ela a libertava de suas correntes. Ela era a única amiga que a dama jamais teria, aquela que, para ela, atestaria lutos, suavizaria as escuridões e domesticaria o invisível.

Pensativo, ele observou Haru.

— Você sabe que ela era louca, não sabe? Louca, inconsolável ou cativa, chame como quiser.

Apagou o cigarro.

— Mas você não está me dizendo tudo.

O marchand sorriu.

— Você saberá tudo — disse.

Sayoko apareceu, a tarde seguiu seu ritmo doloroso sem que Haru tornasse a pensar na conversa deles mas, quando estava indo para a cama e acionava os comandos para se deitar na horizontal, perguntou a si mesmo: Se o chá faz ver o invisível, o que vejo?, antes de ser atravessado por uma intuição difusa e de pensar: A raposa é a chave.

Nascer

Na hora de morrer, Haru Ueno pensava: Agora eu vejo, agora estou conciliado com as coisas. Contemplava a tigela preta e acolhia sua presença, pura forma sem forma pela qual, agora, ele compreendia Keisuke. Nela contemplava uma íris e, nessa flor tornada sua, a dor era abolida.

Ele pensava: Encontrei minha história, esta que consola e conjura o sofrimento, imaginei oferecê-la aos outros mas, na verdade, a contei a mim mesmo. A Melland, a raposa dizia: Tudo o que não foi fervoroso se apaga, a miséria e a graça são igualmente infinitas. A mim, ela diz: Todo homem caminha em direção à hora de seu nascimento, morremos na solidão e renascemos na luz. Então, no intervalo entre esse fim e essa iluminação, realizamos a verdadeira viagem.

Ele pensava: Rose, tudo foi selecionado, resta apenas o osso nu da existência e sei que nada em minha vida foi mais forte e mais importante do que você. Sou o homem japonês que terá sido o pai de uma filha francesa, minha alma profunda está nesse desvio, ele compõe minha herança sombria e cintilante, minha herança de ancestrais e de rupturas, de solidão e de intimidade, de melancolia e de alegria.

Enfim, enquanto um orvalho de outra margem descia sobre o jardim de Shinnyo-dō, Haru Ueno pensou: Os mortos são superiores aos vivos porque deixam de cair.

Agradecimentos e gratidão
a
Eva Chanet e Bertrand Py
Richard Collasse, Hiroko Ito, Corinne Quentin
Shigenori Shibata
e, sempre, Jean-Baptiste Del Amo

As folhas caem como se do alto
caíssem, murchas, dos jardins do céu;
caem com gestos de quem renuncia.

E a terra, só, na noite de cobalto,
cai de entre os astros na amplidão vazia.

Caímos todos nós. Cai esta mão.
Olha em redor: cair é a lei geral.

E a terna mão de Alguém colhe, afinal,
todas as coisas que caindo vão.

Rainer Maria Rilke, "Outono", trad. de Geir Campos, em *Poemas e cartas a um jovem poeta*, Rio de Janeiro: Editora Tecnoprint.

outono na montanha —
tantas estrelas
tantos ancestrais distantes

Setsuko Nozawa, *Anthologie du Poème court japonais*, sel. e trad. de Corinne Atlan e Zéno Bianu, Gallimard, Poésie.

There was a boy
A very strange enchanted boy
They say he wandered very far, very far
Over land and sea
A little shy and sad of eye
But very wise was he
And then one day
A magic day he passed my way
And while we spoke of many things
Fools and kings
This he said to me
"The greatest thing you'll ever learn
Is just to love and be loved in return"

Eden Ahbez, *Nature Boy* © Warner Chappell Production Music.

Sonhemos com o efêmero e deixemo-nos vagar na bela loucura das coisas.

Kazukō Okakura, *Le Livre du thé*, Paris: Rivages, 2015, Rivages Poche/ Petite Bibliothèque.

A história da p. 64 é tirada de: Mãe do reverendo Jōjin, *Un Malheur absolu*, Paris: Gallimard, 2019, Folio/ *Sagesses*.

ESTA OBRA FOI COMPOSTA POR OSMANE GARCIA FILHO EM ELECTRA
E IMPRESSA PELA GRÁFICA PAYM EM OFSETE SOBRE PAPEL PÓLEN NATURAL
DA SUZANO S.A. PARA A EDITORA SCHWARCZ EM ABRIL DE 2024

A marca FSC® é a garantia de que a madeira utilizada na fabricação do papel deste livro provém de florestas que foram gerenciadas de maneira ambientalmente correta, socialmente justa e economicamente viável, além de outras fontes de origem controlada.